Porte Bonheur

Les Éditions Porte-Bonheur se consacrent à l'édition de livres jeunesse de qualité. Soucieuse de servir un public de plus en plus exigeant et connaisseur, la maison privilégie des textes qui incitent à la découverte du plaisir de lire tout en nourrissant l'imaginaire.

Des auteurs et des illustrateurs de renom contribuent à l'épanouissement de cette nouvelle maison dans le paysage éditorial québécois.

Les Éditions Porte-Bonheur se développent autour de cinq collections :

ANTOINE
série d'albums illustrés

TRÈFLE À 4 FEUILLES
romans pour nouveaux lecteurs

PATTE DE LAPIN
romans pour lecteurs plus expérimentés

TALISMAN
romans réservés aux lecteurs aguerris

LA CLEF
romans destinés aux lecteurs adolescents

La maison publie aussi, occasionnellement, de beaux-livres hors-collection.

Eva elfe des eaux

TOME 2 LE PLAN DE KA'AL

Texte de
Michèle Gavazzi

Les Éditions Porte-Bonheur
une division des Éditions du Cram Inc.

1030, rue Cherrier, bureau 205
Montréal, Québec, Canada, H2L 1H9
Téléphone : 514 598-8547
Télécopie : 514 598-8788
www.editionscram.com

Illustration de la couverture
Olivier Héban

Conception graphique
Alain Cournoyer

Révision et correction
Hélène Bard

Dépôt légal — 3ᵉ trimestre 2008

Bibliothèque nationale du Québec
Bibliothèque nationale du Canada

Copyright 2008 © Les Éditions Porte-Bonheur

Gouvernement du Québec — Programme de crédit d'impôt pour l'édition de livres — Gestion SODEC. Les Éditions Porte-Bonheur sont inscrites au programme de subvention globale du Conseil des arts du Canada.

Les Éditions Porte-Bonheur bénéficient du soutien financier du gouvernement du Canada, par l'entremise du ministère du Patrimoine canadien, dans le cadre de son programme d'aide au développement de l'industrie de l'édition (PADIÉ).

*Société
de développement
des entreprises
culturelles*

Québec

**Conseil des Arts
du Canada**   **Canada Council
for the Arts**

Patrimoine
canadien   Canadian
Heritage

Catalogage avant publication de Bibliothèque et Archives nationales du Québec et Bibliothèque et Archives Canada

Gavazzi, Michèle

    Éva, elfe des eaux

    (La clef)

    Sommaire: t. 1. L'héritage d'Isabella -- t. 2. Le plan de Ka'al -- t. 3. Le fils de Gaëlle.

    Pour les jeunes.

    ISBN 978-2-922792-63-8 (v. 1)
    ISBN 978-2-922792-64-5 (v. 2)
    ISBN 978-2-922792-65-2 (v. 3)

    I. Titre. II. Titre: L'héritage d'Isabella. III. Titre: Le plan de Ka'al. IV. Titre: Le fils de Gaëlle. V. Collection: Clef (Éditions Porte-bonheur).

PS8613.A98E92 2008   jC843'.6   C2008-941904-9
PS9613.A98E92 2008

Imprimé au Canada

Eva elfe des eaux

TOME 2 LE PLAN DE KA'AL

Ouvrages de Michèle Gavazzi aux Éditions Porte-Bonheur

Visitez l'univers de Michèle Gavazzi à l'adresse suivante :
http://www.michelegavazzi.com/

« Un jour viendra dans la vieillesse du monde
Où l'océan libérera ce qu'il enserre.
Et une terre apparaîtra dans toute sa gloire.
Thétis découvrira des continents nouveaux
Et Thulé ne marquera plus l'extrémité du monde. »

MÉDÉE

Anavar essuya, du revers de la main, la sueur mêlée à la boue qui dégoulinait de son front. Son père, Ka'al, le devançait de quelques pas. Ce dernier venait de donner l'ordre à la vingtaine de soldats nagas qui les accompagnaient de les attendre, vingt-quatre heures, à la porte de la caverne lugubre à l'intérieur de laquelle ils pénétraient actuellement. Le jeune naga, âgé d'à peine seize ans, comprenait mal l'initiative de son vieux père, car l'idée de s'enfoncer dans cette grotte menant au royaume de la redoutable salamandre, et ce, sans soldats pour les défendre, ne le réjouissait guère.

— Père, je ne crois pas que… commença-t-il.

— Anavar ! Aurais-tu perdu ta bravoure en chemin ? demanda le vieux sage sur un ton sarcastique.

— Non pas du tout ! répondit le jeune garçon piqué dans son orgueil. Mais vous-même m'avez souvent expliqué qu'un bon soldat naga doit savoir faire la différence entre la bravoure et la folie. Or, à deux, comment ne serait-il pas fou d'affronter une armée salamandre, si elle décidait de nous attaquer ?

– Très bon point, mon fils. Mais ne t'en fais pas, car la salamandre n'a pas d'armée.

– Comment ? s'exclama le garçon, sceptique.

– Elle n'en a pas besoin, car si elle décide de nous tuer, nos soldats et toute notre armée ne nous seront d'aucun secours.

Anavar ravala le nœud dans sa gorge. Ce que venait de lui dire Ka'al n'avait rien de rassurant. Il savait que son père était bien trop sage pour se jeter aveuglément dans les bras de la mort, surtout avec lui, son élu. Anavar n'était pas le seul fils de Ka'al, mais c'était celui sur lequel il avait fondé tous ses espoirs. Anavar était spécial, et Ka'al était le seul à savoir pourquoi. Depuis son tout jeune âge, son père l'endoctrinait. Ils furent tous surpris – Anavar le premier – lorsque le vieux sage exigea que son protégé fasse partie de cette expédition jusqu'au royaume de la salamandre, dans le but de former une union contre les humains et, par le fait même, contre les autres éléments.

Anavar sentait les battements de son cœur dans ses tempes, tout en avançant vers la créature inconnue. Toutes les histoires qu'il avait entendues à propos de la salamandre mythique étaient terrifiantes et macabres : elle avait une réputation sans équivoque. Elle était dotée de prodigieuses capacités pyrotechniques, en plus d'être une créature solitaire à sang froid. Personne n'avait vraiment pris le temps d'essayer de contredire ou de vérifier les idées préconçues la concernant.

Ils durent marcher ainsi dans l'obscurité pendant de bonnes heures. Mais la noirceur ne les gênait guère. La chaleur s'intensifiait au fur et à mesure qu'ils s'enfonçaient dans le creux de la grotte, une ancienne caldera d'un très vieux volcan que tout le monde croyait éteint. L'entrée du tunnel ascendant – inconnu de la plupart des êtres – que le duo avait emprunté, s'ouvrait à partir d'une fosse océanique dans l'Atlantique, juste en dessous des îles des Açores. Le voyage avait été long depuis le royaume naga, mais Ka'al ne voulait pas perdre de temps en chemin pour se reposer. Son fils adoré avait déjà commencé à subir des changements particuliers qui inquiétaient le jeune garçon, qui ignorait tout de sa situation secrète. Ka'al, lui, savait de quoi il s'agissait, car tout cela, il l'avait prévu et même calculé afin de conquérir le cinquième élément. C'était une mission à laquelle il vouait sa vie avec obstination, quasiment avec hargne. Anavar lui avait fait part à plusieurs reprises d'une étrange sensation qui parcourait l'intérieur de son corps nouvellement pubère, soumis à de nombreux change-ments depuis un an déjà.

Mais son père n'avait rien d'autre à lui dire que de presser le pas, même si le jeune garçon était épuisé par leur longue marche. D'autant plus qu'ils avaient longuement nagé au fond de l'océan pour se rendre à l'entrée de la grotte de la salamandre. Anavar était inquiet de l'attitude détachée du vieux sage, qui d'habitude clarifiait rapidement n'importe quelle situation. Ce nouveau comportement coïncidait avec le début des manifestations des changements corporels de son fils. Le jeune garçon avait commencé à se sentir *indigne*. C'était cette sensation d'impureté qui l'avait envahi lorsque la première transformation s'était produite en pleine nuit. Les jeunes nagas avaient l'habitude, surtout à l'adolescence, de muer à quelques reprises, mais Anavar, lui, avait constaté au réveil que les écailles brunâtres de ses jambes tombaient comme des pétales de fleurs, exposant une peau gluante et rougeâtre, d'où suintait une substance froide et visqueuse que son père avait refusé de toucher. Celui-ci avait simplement informé son fils qu'il était *spécial* et qu'il valait mieux que personne d'autre ne soit au courant de cette particularité. Il lui proposa de porter des pantalons pour dissimuler le phénomène. Ceci s'était produit quelques jours avant leur départ, et maintenant Anavar commençait à trouver cette aventure inquiétante. Le doute s'installait dans l'esprit du jeune homme. Il s'arrêta net, soupira et lança sèchement :

– Ça suffit, père !

La sensation de chaleur intense dans son corps s'intensifia. Le vieux naga s'arrêta et pivota, surpris.

– Anavar ?

— Père, excusez-moi, mais je ne peux plus avancer dans cette incertitude. Où me menez-vous réellement ainsi ?

Ka'al fut pris au dépourvu.

— Suis-je devenu un être indigne que vous voulez cacher ou faire disparaître ? reprit le garçon, tandis que sa chaleur interne semblait l'ensorceler. Même ses yeux jaunes luisaient de façon mystérieuse.

— Quoi ? s'écria le vieux sage, estomaqué. Mais que vas-tu t'imaginer là, mon fils ?

— Je suis fatigué, père, et inquiet de tout ce qui se passe dans mon corps…

— Je comprends, Anavar. Je t'ai caché des choses, je le concède, mais pour ton bien. Jamais, je ne voudrais me débarrasser de toi ! Et je n'ai pas honte de tes particularités, jeune homme, affirma Ka'al. Je sais ce qui t'arrive et je sais aussi que le temps presse pour toi. Ce que tu vas apprendre là-bas ne sera pas facile à accepter, Anavar, mais c'est ton destin et il faudra t'y faire. Toi et moi ne pouvons rien y changer. Mais au moins, sache que je ne te renierai jamais, car peu importe ce que tu deviendras, c'est ce que je voulais depuis le début, et ensemble, nous allons conquérir la Terre et les Cieux, ajouta le vieux sage en regardant son jeune fils avec sincérité.

Anavar ne savait pas comment interpréter ce que son père venait de lui dire. Il fut tout de même un peu rasséréné, et tous deux reprirent leur marche.

Ils arrivèrent finalement au bout de la grotte. La température avait augmenté considérablement, mais cela restait tolérable. Ka'al prit, dans une bourse accrochée à sa ceinture, un caillou gros comme son poing. Il était arrondi et plat. Sur la face aplatie, il y avait le dessin à l'encre noire d'une petite salamandre. Le vieux naga tendit l'objet au garçon. Anavar le prit et le regarda d'un air interrogateur.

— C'est pour ouvrir les portes du royaume de la salamandre. Nous allons voir si tu peux y arriver.

— Je vois mal pourquoi le royaume s'ouvrirait à moi !

— Fais-moi confiance, Anavar, il s'ouvrira !

— Que dois-je faire ?

— Ferme ta main et tiens cette pierre avec force.

Anavar s'exécuta, et dès qu'il eut la main fermée le caillou se réchauffa. Il devint rouge écarlate. Anavar était surpris de ne pas se brûler la main, d'autant plus que le caillou ressemblait davantage à de la lave incandescente qu'à une simple pierre.

— Maintenant, pose cet objet sur la paroi devant toi, là où tu vois une petite cavité.

Le garçon ferma les yeux et souhaita de tout son cœur qu'il ne se passe rien, puis posa la pierre dans le trou. La porte s'ouvrit, tout simplement.

— Non ! s'écria Anavar malgré lui. Père ? Pourquoi ? demanda-t-il avec des yeux exaspérés.

— Ne t'en fais pas, mon fils…

Ka'al lui fit signe d'avancer. Son fils lui obéit, mais il était complètement abattu par ce qu'il s'imaginait. Il aurait voulu crier de rage et de désaccord, mais il sentait le feu brûler en lui et le consumer. Il aurait aussi voulu que son père lui explique ce qui se passait, mais il fut paralysé dès qu'il traversa l'entrée du royaume, suivi de son père. La salamandre était là, à quelques mètres ; le roi du feu les attendait patiemment. Anavar put enfin voir à quoi ressemblait cet être mythique que personne, croyait-il, n'avait vu. La créature était légèrement plus imposante qu'un naga. Ses yeux noirs luisaient comme de petites perles. Sa peau également étincelait, elle était d'un ton rougeâtre et semblait humide. Anavar ressentit du dégoût. Il ne trouvait pas la créature particulièrement belle à voir. Il la fixait, pétrifié, incapable d'en détacher les yeux. Il la considéra de haut en bas et remarqua qu'elle avait une longue queue, tout aussi rouge et luisante, qui battait de gauche à droite avec nonchalance.

— Bonjour, jeune garçon, lui dit le roi salamandre en langue naga.

Puis, levant le bras vers Ka'al, il ajouta :

— Vieil ami, je savais que tu reviendrais me voir ! Est-ce lui ?

— Bonjour, Phaïno, heureux de te revoir. Oui, voici Anavar, mon fils !

L'adolescent se retourna brusquement vers son paternel avec un air interrogateur. Ka'al lui sourit tendrement, mais le jeune garçon bouillait de rage ; il se savait trahi. Le roi Phaïno le regarda avec satisfaction de la tête aux pieds, puis déclara en souriant :

— Il a l'air en pleine forme et il est beau, en plus !

— Ce n'est pas un exploit venant de vous, laissa échapper Anavar avec cynisme.

Ka'al le foudroya du regard, lui reprochant son attitude hautaine.

— Ha, ha, ha ! fit Phaïno avec assurance. Il a hérité de ton sarcasme, vieil ami, ainsi que de ta fausse modestie, ajouta-t-il en tapant Ka'al sur l'épaule.

— Je crois qu'Anavar est surtout fatigué de notre longue route.

— Je vois. Vous pourrez vous reposer chez moi aussi longtemps que vous le souhaitez. Et toi, jeune homme, sache que rien ne justifie le manque de respect, pas même la laideur. Les nagas se trouvent peut-être bien beaux, mais vous êtes, autant que moi, des horreurs aux yeux de certains êtres ; pourquoi crois-tu que nos mondes soient si éloignés de celui des hommes ? C'est simple, c'est en raison d'attitudes fermées comme la tienne.

— Désolé, monsieur, bredouilla Anavar, gêné.

— Parlons-en, des humains... fit Ka'al.

— Oui, oui, chaque chose en son temps, vieil ami, répondit le roi salamandre. Avant, je veux vous présenter quelqu'un. Et là, je peux t'assurer, jeune homme, que ton idée préconçue va changer, souligna-t-il avec un sourire mesquin.

Ka'al regarda son fils à son tour et lui fit le même genre de sourire. Le garçon fut intrigué. Le roi Phaïno appela quelqu'un en langue salamandre. Sa voix ressemblait au crépitement d'un feu de bois. Au grand étonnement de l'adolescent, une flamme superbe, d'un bleu intense, s'avança vers eux comme une traînée de poudre à canon. Tout près d'Anavar, la flamme s'intensifia, atteignant environ cinq pieds. Anavar la regardait danser devant ses yeux. Il crut vraiment y distinguer une belle silhouette féminine.

— Vesta, ça suffit, viens saluer nos invités ! lança Phaïno.

À cet instant, la flamme se transforma en une magnifique adolescente vêtue d'une légère robe confectionnée dans un étrange tissu. Sa peau était indigo, et ses cheveux d'un bleu profond, presque ébène. Mais ce qui paralysa le regard d'Anavar, ce furent les deux iris d'un noir de jais, que de légères paupières munies d'interminables cils laissaient entrevoir, comme d'uniques perles sombres au creux d'un coquillage. Il sentit la chaleur circulant dans les veines de son corps s'intensifier, mais il s'agissait d'une sensation plutôt apaisante, cette fois-ci. La fièvre convergea vers sa poitrine. Phaïno et Ka'al éclatèrent tous les deux de rire, ce qui sortit brusquement le pauvre Anavar de son hébétude. Le jeune garçon était resté bouche bée devant la jeune fille qui le saluait en lui tendant la main. Elle le fixait à la hauteur du sternum.

— Je vous présente Vesta, ma nièce, leur dit Phaïno.

— Enchanté, Vesta. Je suis Ka'al, et voici mon fils, Anavar, dit le vieux naga en prenant la main que la jeune fille tendait toujours.

Anavar hocha la tête, n'osant même pas lui présenter sa main pour la saluer.

— Tout le plaisir est pour moi, répondit Vesta en langue naga, avec un léger accent. Sa voix était projetée comme un joli petit sifflement.

— Vesta, ma chérie, peux-tu faire visiter les lieux à notre nouveau venu ? Ka'al et moi devons discuter.

— Oui, mon oncle.

— Merci ! Et toi, jeune homme, fais gaffe, elle a du caractère, ma nièce.

— Oui, monsieur.

Les deux amis s'éloignèrent en discutant, laissant les deux adolescents seuls derrière eux.

— Tu es naga ? demanda Vesta à Anavar.

— Je ne sais plus !

— Tu as du sang salamandre, n'est-ce pas ?

— C'est ce que j'ai cru comprendre il y a quelques minutes.

— Ton père ne t'a rien dit auparavant ?

— Non. Pour mon bien, semble-t-il ! répondit Anavar avec dépit.

— Tu as une flamme, juste là, enchaîna-t-elle en lui touchant le sternum.

Anavar recula, gêné surtout par la rafraîchissante sensation que lui avait procuré le contact avec la jeune fille. Elle lui sourit. Elle savait que le toucher de la salamandre pouvait être envoûtant, surtout pour un être qui ne l'avait jamais expérimenté. Anavar comprit l'allusion que Phaïno avait faite au sujet de son idée préconçue sur la beauté.

— Tu la vois ? s'enquit-il.

— Je la sens, alors elle se dessine dans ma pensée comme une image. Elle est orange foncé, quasiment comme celle de mon oncle. Veux-tu essayer de voir la mienne ?

— Non !

— Anavar, tu devras t'y faire, désormais ! Tu es mi-naga, mi-salamandre.

Le garçon baissa les yeux en détournant son visage. Il luttait contre la rage. Son père lui avait caché la vérité. Cette fureur irradiait comme une chaleur ; c'était son tout petit feu de salamandre qui, lui, aurait voulu enflammer ses veines. Il leva de nouveau son regard vers Vesta qui le regardait tendrement, attendant qu'il s'ouvre à sa nouvelle nature.

— D'accord. Comment dois-je faire ?

— Tu dois te concentrer et sentir la zone de chaleur avec ton regard.

Anavar fixa la nièce du roi au niveau du sternum et tenta de sentir sa chaleur. Tout doucement, l'intense flamme bleue de la jeune salamandre se dessina dans ses pensées. Il sentit enfin l'ardeur qui la consumait, avec un peu de gêne, ne sachant pas si cette intensité était produite par le feu ou par l'effet du sentiment ambigu qu'il éprouvait pour elle.

— Ça y est, tu la sens, n'est-ce pas ?

— Oui, comment le sais-tu ?

— Ta flamme s'intensifie quand tu vois la mienne.

Anavar rougit.

— C'est peu commode, avoua-t-il.

— Ne t'en fais pas, Anavar. C'est ton côté naga qui est embêté par cette particularité ; tu crois que ta flamme expose tes sentiments, mais en fait, ta flamme est intensifiée par ma présence. Quand les salamandres sont réunies, leur force est augmentée.

– Ah bon !

– Ce qui a trahi tes pensées, ce n'est pas ta flamme, mais la couleur de tes joues, ajouta-t-elle avec malice.

Anavar soupira, embarrassé de nouveau par les paroles de la jeune fille.

– J'ai bien des choses à apprendre de ta race, Vesta.

– Je n'ai pas de problèmes à t'aider à y arriver, Anavar. Nous aurons amplement le temps pour cela.

– Comment ?

– Tu devras rester ici, avec nous, car ton corps va subir des changements dans les jours qui viennent et ton père ne pourra malheureusement pas t'aider.

Anavar la regarda droit dans les yeux, de magnifiques joyaux noirs. Elle sourit et l'invita à la suivre pour faire le tour de sa future demeure.

Pendant ce temps, Ka'al et Phaïno se racontaient les derniers événements et discutaient d'Anavar, l'unique héritier salamandre masculin. Les salamandres étaient menacées d'extinction. Au moment de leur dernière rencontre, il ne restait plus que deux mâles salamandres, Phaïno et son frère, le père de Vesta. Ka'al n'avait pas hésité à accepter la proposition du roi salamandre, c'est-à-dire de tenter de faire naître une nouvelle race, mi-salamandre, mi-naga. D'une part parce que le vieux naga était un incorrigible tombeur à qui plaisaient les femmes de toutes les races, et d'autre part parce qu'il entendait déjà, à cette époque, s'unir avec le représentant de l'élément feu pour sa conquête mondiale. Avec un fils héritier du royaume, quoi de plus facile ? Malheureusement, il semblait difficile d'engendrer un tel être ; parmi la vingtaine d'œufs produits, la plupart n'avaient pas été viables. Or, Anavar, le seul survivant, avait semblé, durant les quinze premières années, posséder uniquement les particularités de son père naga.

Entretemps, le frère de Phaïno était mort et le vieux roi avait été frappé d'un mal incurable.

— Ka'al, tu ne peux pas t'imaginer comme je suis ravi de te revoir avec Anavar, aussi pimpant de santé, et surtout, avec la flamme sacrée de la salamandre au cœur.

— Je le suis tout autant. Anavar est un jeune garçon équilibré et en santé, et je suis certain qu'il est hors de danger maintenant. Il commence à subir des changements qui, je le crois, le rapprocheront de son côté salamandre.

— Est-il prêt ?

— Non ! Car pour éviter qu'un naga ne s'en prenne à lui, j'ai dû garder ses origines secrètes de tous, même de lui et de la femme qui l'a élevé comme un fils.

— Je vois ! C'est pour cela qu'il était réticent à mon endroit.

— Les nagas ont des idées préconçues fort négatives à votre sujet. Mais moi, j'avoue que la beauté et la chaleur des femmes salamandres ne se retrouvent nulle part ailleurs, affirma le vieux naga.

— Pas même chez les anges ?

Ka'al se raidit sur son siège et foudroya son vis-à-vis du regard.

— Bon, bon ! Ne te fâche pas, lança Phaïno, amusé. Il y aura beaucoup de travail à faire avec ce jeune homme.

— Oui, mais il est fort intelligent, et j'avoue que vous possédez un atout de taille.

— Vesta ? Alors, il est comme son vieux père ?

— Je l'espère bien ! s'esclaffa Ka'al.

Phaïno sourit, satisfait.

va était couchée sur des paillasses posées à même le sol, au fond d'un lugubre cachot, dans les donjons du château appartenant autrefois à la lignée royale de la race naga, c'est-à-dire la famille de Fabian – ou plutôt du prince Ra'bia. Les soldats qui l'avaient capturée au large de l'Islande l'y avaient enfermée dès leur arrivée au royaume naga, sans même lui adresser la parole. Mais elle les comprenait lorsqu'ils se parlaient entre eux, comme elle avait compris Fabian quand il l'avait suppliée de convaincre son père de ne pas aller en mer le jour du typhon. Elle ignorait pourquoi elle comprenait, et elle n'arrivait pas à prononcer un seul mot dans cette langue gutturale. Les soldats nagas avaient retiré de sa bouche et de ses yeux l'infecte substance gluante qui l'avait empêchée de crier ou de voir où ils la menaient. Elle avait eu peur en voyant ses ravisseurs, ils ne ressemblaient pas à Fabian. Leurs écailles brunes, sur les jambes, ne leur donnaient pas la même grâce que conféraient les écailles argentées du jeune garçon des îles. Leurs yeux jaunes ne lui inspiraient pas confiance, même si elle savait que les siens pouvaient prendre une telle allure lors de ses épisodes de rage. C'était d'ailleurs la

deuxième réaction qu'elle avait eue dans cette prison, en raison de la façon dont elle était traitée. Mais à sa grande déception, son cri, redoutable sur Terre, n'eut aucun effet sur les nagas, sinon quelques regards curieux et des sourires mesquins. Elle désespérait. Personne ne pourrait venir la sauver dans les profondeurs de ce royaume. Elle n'avait revu ni Micaëlle ni son ami Fabian depuis l'horrible cataclysme des îles. Et son père, dans tout ça ? Concevoir la torture qu'il avait dû endurer depuis sa disparition l'avait fait pleurer pendant de longues heures. Elle s'imagina Eirik découvrant ses souliers sur la plage et s'imaginant le pire : perdre sa fille de la même façon qu'il avait perdu sa tendre femme. Tout ceci pesait lourd dans son cœur d'ondine, mais elle tenta de se maîtriser, sachant que toute cette tristesse la mènerait à sa perte, elle, la dernière représentante de l'élément eau. Devant cette force du devoir, elle fut témoin d'un étrange phénomène : alors qu'elle était étendue par terre, sur le ventre, les larmes qui coulaient sur ses bras se mirent à léviter. Elle se leva et vit les gouttelettes imiter son mouvement, toujours à la hauteur de ses yeux. Elle secoua la tête, croyant rêver, et les larmes dansèrent de droite à gauche, s'arrêtèrent et firent de même de haut en bas, suivant les mouvements de sa tête. Elle sourit timidement. Elle fit un signe, comme si elle scindait le groupe de larmes en deux, l'un à gauche et l'autre à droite. L'ensemble de larmes imita son geste. Éva trouvait cela de plus en plus intéressant. Elle les fit se regrouper, et elles formèrent une sphère qu'Éva fit tourner devant ses yeux. À ce moment-là, un soldat vint voir ce qu'elle faisait. Éva sursauta et fit éclater la sphère, qui lui aspergea le visage. Le soldat ne vit que la jeune fille, le visage et les cheveux mouillés, et lui sourit malicieusement.

Après son départ, Éva se mit à réfléchir aux paroles de l'ange qui l'avait prévenue des changements qu'elle allait subir. Elle se souvint aussi que Ra'bia lui avait dit qu'étant donné qu'elle était la dernière ondine, elle recevrait tous les pouvoirs de l'élément eau.

— L'eau m'appartient, conclut-elle avec plénitude.

Non loin de là, quelqu'un d'autre devait aussi s'approprier un royaume, mais surtout, un élément qu'il était sans le savoir le seul à dominer, puisqu'il était le dernier porteur du sang royal naga.

Fabian était aussi au royaume. Pour l'instant, il se cachait dans une grotte, non loin du château où il avait l'habitude de jouer quand il était enfant. Il tentait de surmonter l'angoisse que lui occasionnait son retour chez lui, tentant de faire fi des images d'horreur qui lui revenait de façon intermittente. Des souvenirs qu'il s'était efforcé d'oublier. Le dernier jour qu'il avait passé dans ce royaume, il avait été témoin des meurtres de son père, le roi, et de sa mère, la reine, perpétrés par les disciples de Ka'al. Mais Fabian ignorait que Ka'al avait également fait tuer les soldats nagas, et qu'il avait annoncé au peuple que c'étaient des traîtres qui avaient assassiné la famille royale. Il avait dès lors instauré des lois répressives et fouillé chaque demeure du royaume, prétextant que d'autres renégats se cachaient peut-être encore dans le royaume. En fait, il cherchait l'héritier du trône. Tout compte fait, il ne le trouva jamais, et le régime de terreur qui caractérisait son règne lui permit d'agir à son gré. Il avait cessé d'être apprécié du peuple naga, qui ne voyait plus en lui le sage qu'il avait été pendant le règne de roi Rami, le père de Fabian. Ka'al avait changé, quelque chose avait perturbé son être. En tant que sage et conseiller du monarque, il effectuait parfois des pèlerinages loin des cités du royaume du Gouffre. C'est lors du retour de l'un d'eux, qui avait duré plus longtemps que prévu, que son attitude avait changé. Il était revenu de ce voyage avec un fils et il entretenait désormais l'idée d'anéantir l'élément eau, et de s'unir avec l'élément feu, pour augmenter sa puissance contre les éléments air et éther. « Mais pourquoi ? » l'avait questionné le roi, inquiet de l'attitude louche de Ka'al, un si grand sage. « Les humains ! » s'était-il tout simplement défendu. Et, à force de nombreux discours apocalyptiques au sujet des activités humaines sur la pauvre planète, il avait convaincu le roi, au grand désespoir de la reine, qui elle, voyait clair dans le plan de Ka'al. La souveraine avait, malgré elle, transmis inconsciemment ses inquiétudes au sujet du vieux sage à son jeune prince, lequel âgé d'à peine sept ans, bénéficiait encore de l'innocence qui permet aux enfants de communiquer autrement que par le biais du langage. C'est probablement ce qui lui avait sauvé la vie lors de l'homicide de ses parents ; Fabian ne faisait pas confiance à Ka'al, même s'il faisait un peu partie de la famille. Il savait que sa mère ne l'appréciait guère non plus. C'est pour cela qu'il s'était caché en voyant arriver Ka'al d'un pas empressé, suivi de soldats, au salon de ses parents. Fabian, lui, s'y dirigeait à ce moment-là pour supplier son père de libérer la belle et gentille ondine – Isabella –, prisonnière des cachots du château.

Fabian chassa ces images en secouant la tête, et songea à Éva. Il devait surmonter son traumatisme. Il aurait voulu se faufiler jusqu'aux donjons pour libérer son amie, qui devait se mourir de peine, mais il savait que le premier naga qu'il croiserait le reconnaîtrait instantanément, car la physionomie du prince héritier était unique : les écailles d'argent et les yeux gris étaient propres au sang royal. Il devait éviter tout contact avec les nagas. Il voulait sauver Éva et fuir ce Gouffre maudit, même si Micaëlle lui avait dit qu'il devait se réapproprier ce qui lui appartenait ; il s'en balançait du trône et de l'héritage royal. Éva seule comptait. Il avait été si près de la revoir, mais Ka'al venait de nouveau malmener son cœur. Sa haine envers le vieux naga croissait à mesure que le temps passait.

Éva, pour sa part, avait appris de la bouche des soldats nagas que Ka'al était déjà parti pour le royaume de la salamandre, afin de mettre son plan machiavélique à exécution : déséquilibrer les éléments. Le général responsable avait donné l'ordre de nourrir la prisonnière pour la maintenir en vie jusqu'au retour du sage, pour que celui-ci décide du sort de la dernière ondine.

Fabian devrait bientôt quitter la grotte pour se nourrir, car il se sentait faiblir.

Il sortit tandis que la population naga dormait. Il avait tant nagé, du sud au nord, puis en profondeur jusqu'au royaume... Tout ça parce qu'il avait entendu le chant d'Éva dans la flûte de corail. Il regrettait de lui avoir fourni cet instrument, responsable de sa capture. Mais comme il avait été doux, ce chant mélodieux qui lui manquait tant ! Il eut de la difficulté à marcher, car il était étourdi, mais il devait se rendre près du château et tenter de se procurer un peu de nourriture et quelque chose à boire. Après une demi-heure de marche, il n'en pouvait plus et s'écroula par terre. Il perdit connaissance, au beau milieu de la route.

CHAPITRE III

Juan, assis devant l'ordinateur d'Eirik, était affairé à d'importantes recherches. Elena avait mis les collègues du jeune Islandais au courant de la situation. Fabianna avait annoncé qu'elle prenait le premier avion pour Reykjavik. Elle était bouleversée par la capture de son ami, mais aussi par la disparition d'Éva. José, lui, était trop loin pour faire quelque chose, mais fut peiné, et avait prévenu Elena et Juan d'être extrêmement vigilants.

— Ils sont fous ! s'était-il exclamé en parlant des agents américains.

Georges, lui, avait promis d'alerter le plus rapidement possible l'association de scientifiques, afin que les chercheurs puissent intervenir pour Eirik, ce qui avait un peu soulagé la jeune Équatorienne, ébranlée par les derniers événements. Mais Elena n'était pas au bout de ses peines, car son fiancé était revenu de la plage avec un air troublé. Elle l'avait mis au courant des réactions des collègues d'Eirik et elle l'avait questionné au sujet de l'adolescente, mais il s'était seulement assis devant l'ordinateur avec un regard inquiet. Une seule question mobilisait les pensées du jeune homme : où se trouve l'entrée de ce monde souterrain qu'avait mentionné l'ange ?

– *Juan, mi amor ?*

Rien, pas de réponse de son chéri, pourtant toujours si attentionné. Elena sentait son cœur palpiter avec force dans sa poitrine.

– Juan ! lança-t-elle. Parle-moi ! Que se passe-t-il ? Est-il arrivé quelque chose à Éva ? Où est-elle ? Pour l'amour de Dieu, ne me fais pas souffrir ainsi, réponds-moi !

Juan la regarda ; son regard était tout aussi étrange que son attitude.

– Jules Verne ! s'écria-t-il, comme possédé.

– Quoi ? De quoi parles-tu ? s'exclama la jeune femme.

– Je dois m'y rendre.

– Où ça ?

– Au fond du Sneffel !

– Hein ?

– Elena, Éva a aussi été capturée et je dois la sauver.

– Oh ! mon Dieu ! Est-ce que ce sont les Américains qui l'ont kidnappée ?

– Non, je ne peux pas vraiment t'expliquer, mon amour.

Il se leva, se dirigea vers le foyer et prit dans sa main la photographie de l'un des cadres à la vitre éclatée. Il la regarda en détail, comme pour s'assurer qu'il n'avait pas tout imaginé au bord de l'océan. L'image de la mère d'Éva était bel et bien celle d'une elfe. Ce n'était définitivement pas une humaine. Il soupira, puis tendit la photographie à sa douce en lui demandant ce qu'elle y voyait.

— Une très jolie jeune femme, je crois bien que c'est la mère d'Éva, elle lui ressemble tant !

— C'est bien sa mère, mais moi, je la vois différemment, et puisque je suis le seul à la voir ainsi, je suis le seul à pouvoir aider Éva.

— Juan, tu m'inquiètes.

— Elena, ne t'en fais pas !

— Juan, peut-être que tu as été affecté par les expériences des Américains, aux îles, comme les pauvres garçons que nous avons vus dans la vidéo…

— Elena, j'écoute mon cœur, je sais qu'il ne peut pas me tromper, tu l'emplis tellement d'amour ! lui dit-il avec tendresse. Fais-moi confiance. Et je te demande de me promettre quelque chose.

— Quoi ?

— Lorsque Fabianna arrivera, tu lui expliqueras qu'Éva est en vie. Eirik est sans doute convaincu qu'elle est morte. Alors, il faut lui dire que ce n'est pas le cas! Et je veux aussi que Fabianna lui fasse parvenir cette photographie et un message de ma part.

— Lequel ?

— Elle doit lui dire que je veux qu'il regarde cette image de sa femme avec les yeux du cœur.

— Pourquoi ?

— Feras-tu le message ?

— Mais Fabianna croira que tu es fou !

— Peu importe, je sais qu'elle le fera pour Eirik et pour Éva.

— Mais je ne veux pas que tu partes, protesta la jeune femme en sanglotant.

— Elena, Éva est en danger, répondit tendrement Juan en la prenant dans ses bras.

— Alors, je veux y aller avec toi !

— Non, Fabianna et toi, vous devez aider Eirik. Tu comprends ?

— Oui, je le ferai. Mais toi, promets-moi d'être prudent.

— Je le serai.

Il l'embrassa tendrement, puis prépara ses affaires pour partir au plus vite. Il ne savait pas combien de temps il serait parti, aussi conseilla-t-il à Elena de retourner chez ses parents après avoir livré son message à Fabianna. Dans sa chambre, il prit les accessoires d'escalade qu'il avait apportés à la demande d'Eirik, qui tenait à lui faire visiter quelques volcans d'Islande. Juan tentait de ne pas succomber à la peur d'avoir perdu la tête pendant qu'il enfouissait toutes ces choses dans son sac à dos pour un voyage complètement irréaliste. Mais l'image de Micaëlle lui revenait, claire. Il l'avait bel et bien vue et elle lui avait *réellement* parlé du centre de la Terre. Sûrement que d'autres passionnés de Jules Verne avaient déjà tenté de trouver l'entrée de ce monde, issu de l'imaginaire du grand visionnaire. *Et sûrement que ces gens ne voyaient pas ce que lui voyait,* songea-t-il pour se convaincre. Lorsqu'il fut prêt, il appela un taxi et retourna au salon où il trouva Elena qui pleurait silencieusement. Peiné, il tenta de la réconforter puis lui dit au revoir. La jeune femme, le cœur gros, regarda la voiture s'éloigner sur la route.

L'avion de Fabianna se posa quelques heures plus tard. Elena l'attendait à l'aéroport, morte d'inquiétude. La scientifique remarqua instantanément les yeux noirs de la jeune femme, éteints par la peine.

— Que se passe-t-il, Elena ?

— Juan est parti !

— Parti où ?

— Je ne sais pas trop, Fabianna. Il m'a demandé de te faire un message.

L'Équatorienne raconta tout à Fabianna, puis lui tendit la photographie d'Isabella. La chercheuse écoutait attentivement le récit de la jeune femme, intriguée par l'attitude de Juan. Ça ne lui ressemblait pas. Elle prit la photographie dans ses mains et la regarda en détail, se demandant ce que Juan avait l'intention de provoquer chez Eirik.

— D'accord, si Eirik croit qu'Éva s'est noyée, il doit se mourir de peine. Et je ne peux pas le laisser plus longtemps dans cet horrible tourment, ajouta Fabianna.

— Que comptes-tu faire ?

— Je vais de ce pas lui libérer le cœur !

— Mais les Américains vont t'emprisonner.

— Je m'en fiche ! Tu diras à Georges qu'il aura deux scientifiques à faire libérer.

— Fabianna ?

— Juan a raison, Elena. Au point où on en est sur cette foutue planète, il faut écouter notre cœur ! s'insurgea-t-elle en tendant la main pour qu'Elena lui remette la photographie.

Elena regarda la jeune Italienne droit dans les yeux en souriant et avec compassion et lui remit la photo.

— Veux-tu que je t'accompagne ?

— Non, Juan ne me le pardonnerait jamais, lui répondit Fabianna. Retourne chez toi, nous te tiendrons au courant. Tu raconteras tout à José quand tu arriveras à Quito, d'accord ?

— Oui !

Les deux femmes se dirigèrent au comptoir de la compagnie aérienne.

— Un billet pour l'Équateur et un autre pour l'Alaska, demanda tout simplement la jeune scientifique à la proposée qui la regarda d'un air étonné.

Fabianna et Elena se quittèrent quelques heures plus tard. Elena, qui faisait escale à Madrid, prit le temps de téléphoner à Georges pour lui faire part de la décision de Fabianna. Celui-ci fut choqué, mais jura qu'il ne permettrait pas que la jeune femme passe trop de temps aux mains de ces barbares. C'est le mot qu'il avait employé.

Au Centre de Gakona, en Alaska, Eirik était détenu dans une salle depuis quelques heures, où il avait déjà subi plusieurs interrogatoires. Le jeune Islandais s'obstinait à leur répéter qu'il ne connaissait aucune arme à haute ou même basse fréquence. Il avait supplié ses bourreaux, en pleurs, de le laisser retourner chez lui, car il croyait que sa fille s'était noyée dans l'océan, mais les agents ne croyaient pas un mot de ses histoires. Eirik avait refusé de manger ou même de boire quoi que ce soit depuis sa capture. La seule chose qui occupait sa pensée, c'était Éva. Il s'en voulait à mourir de ne pas l'avoir écoutée « avec son cœur » lors de leur dernier échange. Elle l'avait tellement pris au dépourvu avec ses histoires d'elfes qu'il n'avait pu contrôler ses émotions. Finalement, voyant que le scientifique islandais perdait son sang-froid et sa lucidité, ses geôliers lui administrèrent un calmant. Pendant ce temps, on tentait de percer le mystère de l'arme qu'Eirik avait utilisée à partir de chez lui pour contrer l'attaque sur l'Islande.

Fabianna arriva à l'aéroport d'Anchorage après presque une journée complète de vol et quelques escales. C'est avec un sourire malicieux qu'elle remit son passeport européen à l'agent des douanes, qui vérifia si tout était en règle. La sécurité devait être avisée si la scientifique italienne se pointait dans les parages. L'homme n'attendit pas une seconde de plus pour alerter les agents de l'aéroport. Fabianna le regarda faire sans fléchir, amusée par son attitude. *Et c'est parti !* songea-t-elle. Les gardes armés arrivèrent sur-le-champ, la priant de les suivre. Ils l'escortèrent vers une salle sécurisée, où ils la firent attendre jusqu'à ce que des soldats de l'armée viennent la chercher. Elle ne dit pas un mot, même à l'arrivée de ceux-ci, qui l'embarquèrent dans un camion blindé. Ils roulèrent pendant deux bonnes heures. Fabianna était épuisée, mais tout ce qui comptait c'était d'arriver auprès d'Eirik pour le rassurer au sujet d'Éva. Elle se réconfortait en pensant que les Américains auraient maille à partir avec l'Union européenne s'ils touchaient à un seul de ses cheveux. *Je suis quand même une scientifique italienne fort importante dans mon pays,* se disait-elle pour ne pas succomber à la peur. Elle ne pouvait pas non plus faire abstraction de ce qu'ils avaient déjà osé faire dans le passé.

Arrivée au Centre de Gakona, elle fut reçue par un sergent qui la salua poliment, comme si elle était là pour une visite.

– C'est un grand honneur de vous voir ici, madame Fiori.

– Je veux voir monsieur Adamsson, répondit-elle tout simplement.

– Je ne connais personne de ce nom, madame.

– Vos agents l'ont kidnappé hier devant sa demeure à Reykjavik.

Le sergent changea d'attitude. Avec un regard sérieux, il déclara à Fabianna :

– Savez-vous que le terrorisme est un crime sérieux, chez nous, madame ?

– Oui, seulement d'un côté, semble-t-il !

– Pardon ?

– Vous avez très bien compris ! Maintenant, monsieur Adamsson n'a pas d'information pour vous, et moi je ne parlerai pas sans lui avoir parlé auparavant. Je suis certaine qu'il vous a fait part de la tragédie qui a eu lieu avant sa capture.

– Vous parlez de sa fille ?

– Oui, bande d'inhumains ! Savez-vous seulement comment ça doit être douloureux de ne pas pouvoir chercher sa fille qui a disparu ?

– Mais nous avons cru qu'il s'agissait d'un canular !

– Ça vous paraît drôle, comme histoire ? s'écria Fabianna, furieuse.

– Calmez-vous, madame, la supplia le sergent qui se leva pour sortir.

Il revint dans la salle avec son supérieur, un vieux colonel à l'air antipathique.

– Je suis le colonel John North. Vous avez des informations pour nous ?

– Laissez-moi parler à monsieur Adamsson.

– Qu'avez-vous de si important à lui apprendre ?

– Que sa fille est en vie !

– Nous lui dirons.

— Il ne vous croira pas. Qu'est-ce que ça peut bien vous faire que je lui parle ? De toute façon, vous enregistrez tout et vos micros sophistiqués entendraient une mouche voler !

— Serez-vous plus coopérative par la suite ?

— Je vous dirai ce que je sais.

— D'accord, mais cinq minutes, pas plus.

— Ça me va ! Je veux lui remettre cette photographie de sa femme qui, elle, s'est noyée il y a quelques années, ajouta Fabianna en leur montrant l'image.

— Et pourquoi donc ?

— Son grand ami m'a dit que ça lui remonterait le moral. J'imagine que son état psychique est lamentable?

— En effet ! répondit le colonel en prenant la photo pour l'inspecter.

Il leva la main pour signifier que tout était en règle.

Eirik se remettait tranquillement des effets des calmants qu'on lui avait administrés. Son cœur palpitait. Malgré les drogues, il songeait qu'il n'était pas mieux que mort sans Éva. Lorsque la porte de la salle s'ouvrit, il soupira profondément, lassé des interrogatoires. Il se figea en apercevant Fabianna derrière le soldat, laquelle lui souriait avec compassion. Elle aurait voulu lui sauter dans les bras et l'embrasser, mais elle demeura réservée en raison de la présence des geôliers.

— Fabianna, que fais-tu ici ?

— Eirik, ton ami m'a dit de te dire qu'Éva est saine et sauve !

Eirik éclata en sanglots.

La jeune femme ne put se retenir et pleura également en le prenant tendrement dans ses bras.

— Tu es certaine ?

— Oui !

— Où est-elle présentement ?

Fabianna se crispa, ne sachant pas quoi répondre à Eirik pour ne pas l'inquiéter.

— Fabianna ?

— Ton ami m'a seulement demandé de te donner ceci ; il m'a dit de te dire de regarder cette photo avec les yeux du cœur, Eirik.

L'Islandais prit la photo d'Isabella avec étonnement.

— Que se passe-t-il, Fabianna ?

— Le colonel me donne seulement cinq minutes pour te parler.

— Où est Éva ?

— Je ne sais pas exactement, mais la fiancée de ton ami m'a dit de t'assurer que ta fille est en vie. Lui, il est parti la chercher. Il a seulement balbutié quelque chose à propos de Jules Verne et du Sneffel.

– Quoi ? Je n'y comprends rien ! laissa tomber Eirik, bouleversé.

Le soldat regarda sa montre et fit signe à Fabianna de le suivre. La jeune femme fixa Eirik, puis elle lui pointa la photographie en sortant, escortée du soldat. Le prisonnier avait bien saisi que Fabianna faisait allusion à Juan et Elena, sans vouloir les nommer, mais il ne comprenait pas où pouvait se trouver sa fille. De l'autre côté de la vitre, le colonel avait écouté la conversation, intrigué.

– Ils se parlent à mots couverts ! Sortez-la de là, s'était-il écrié, mais de toute façon le temps s'était écoulé.

Eirik resta seul à fixer l'image d'Isabella.

– Que veut-il que je voie, Isabella ? soupira le jeune Islandais.

Eirik retourna la photo pour s'assurer qu'il n'y avait pas un message secret au verso. Puis, se remémorant les paroles de Juan, transmises par Fabianna, les mots choisis le frappèrent. Il se rappela la demande d'Éva lors de leur dernière discussion : « Je veux que tu m'écoutes avec ton cœur… »

Il regarda donc de nouveau la photo de sa femme. C'était elle. C'était l'image de sa femme. Comme il l'avait toujours vue. Mais subitement, une étrange brise frôla sa joue et un voile couvrit son œil droit. Pour la première fois de sa vie, il voyait sa femme telle qu'elle était vraiment : une magnifique ondine, avec des attributs différents de ceux d'une humaine.

– Oh ! Mon Dieu ! s'exclama-t-il en se levant brusquement de sa chaise. Mais je rêve ?

Un soldat entra dans la salle pour y prendre la photo, à la demande du colonel. Ce dernier interrogeait la scientifique italienne pour savoir quel était le message codé qu'elle avait transmis à son collègue, mais elle ne répondait à aucune des questions que le vieux militaire lui crachait au visage.

Au bout du firmament, une voix se faisait entendre de toutes les particules d'argent de ce monde. Elle criait intensément, offusquée.

– Micaëlle !

navar, assis en tailleur, regardait avec dédain les grandes surfaces de ses jambes, dépouillées de ses écailles de nagas. Son père avait quitté le royaume de la salamandre quelques heures plus tôt. Il lui avait expliqué, sans même s'excuser de lui avoir menti pendant tant d'années, que son corps de mi-naga, mi-salamandre allait muer et que Phaïno et Vesta étaient mieux placés pour l'aider.

— Ils sont en quelque sorte ta famille, maintenant, avait mentionné le vieux sage.

— Je doute que la notion de famille vous soit familière, avait répliqué Anavar, outragé.

Ka'al lui avait alors rappelé combien il était important pour lui ; il avait ajouté qu'un jour il le remercierait, quand ils domineraient complètement la planète, puis il l'avait quitté en lui promettant d'être bientôt de retour.

Maintenant, le jeune garçon laissé seul se questionnait sur l'intégrité de ce père qu'il n'était plus certain de bien connaître. Il devait à présent apprivoiser sa nature inconnue de salamandre. La brûlure dans son corps s'intensifiait sans cesse ;

elle serpentait dans ses veines comme le sang l'avait fait auparavant. Il ferma les yeux et tenta de visualiser cette chaleur comme lui avait enseigné Vesta. Après quelques secondes, il la vit clairement, formant de grosses flammes d'un orange intense. Elle s'élevait des extrémités de son corps. Il leva un bras pour voir la flamme suivre son mouvement. Il se sentait animé d'une puissante énergie qui l'apaisa. Il se leva pour sentir cette force tout au long de son corps et il entrouvrit les yeux. Il vit que son corps n'était que flammes, comme lorsque Vesta était venue près de lui, plus tôt dans la journée. On frappa à la porte. Son corps redevint matière et il put parler ; c'était Vesta. Il l'invita à entrer. Elle le regarda, ferma brusquement les yeux et détourna son visage.

— Anavar ! Pour l'amour du feu, quelles sont ces manières ! s'écria la jeune fille intimidée.

Le garçon, surpris de cette réaction, se regarda et s'aperçut qu'il était entièrement nu. Il se sentit rougir de honte. Il voulut se réfugier derrière une paroi de sa chambre, mais au même instant, une douleur aiguë l'empoigna au cœur. Il s'écroula par terre, inconscient. Vesta leva les yeux de nouveau, affolée par la réaction du jeune garçon.

— Mon oncle, venez vite ! s'écria-t-elle.

La splendide flamme écarlate de son oncle serpenta jusqu'à eux à une vitesse vertigineuse, puis se métamorphosa en roi salamandre. Il regarda le corps nu du pauvre garçon qui gisait par terre, inanimé.

– Ô grand Vulcain ! Que s'est-il passé ? s'exclama Phaïno, surpris.

– Il s'est écroulé en criant de douleur.

– Que fait-il nu ?

Vesta se sentit bleuir à son tour, puis expliqua qu'il l'avait laissée entrer dans sa chambre, mais qu'il semblait ignorer qu'il n'avait pas ses vêtements.

– Ah, je vois. Il aurait donc réussi son premier enflammement ?

– Je crois bien, mon oncle. Il faudrait lui procurer des vêtements adéquats, car c'est fort gênant comme situation, avoua la jeune fille. Que croyez-vous qui lui soit arrivé, par la suite ?

– Je ne sais pas, Vesta. Ses écailles de naga ont brûlé en même temps que ses vêtements. Son cœur n'est pas habitué à pomper du feu, j'espère qu'il tiendra le coup. Il est notre seul espoir de survie, expliqua Phaïno en prenant Anavar dans ses bras puissants. Va me chercher la liqueur d'escargot, puis tu pourras lui tisser un pantalon d'asbeste, à moins que tu ne préfères le voir dans son costume de naissance, conclut-il sur un ton ironique.

– Mon oncle ! répondit Vesta, offusquée.

Puis, elle s'enflamma et partit chercher ce que son oncle avait demandé.

Le roi salamandre déposa le corps d'Anavar sur son lit de terre et lui recouvrit le corps d'une couverture d'asbeste, le seul tissu existant dans ce royaume de feu. Il s'agenouilla auprès du jeune garçon et lui caressa la tête.

— Au moins, tes cheveux sont en laine de salamandre, mon enfant, murmura Phaïno d'une voix attendrie.

Il le voyait vraiment comme un fils, ce garçon qu'il avait vu naître et en lequel il avait mis tous ses espoirs de sauver la race salamandre. Vesta arriva avec la liqueur revigorante et repartit pour entamer le tissage d'un vêtement pour Anavar. Phaïno déposa quelques gouttes du breuvage sur les lèvres du jeune garçon qui réagit instantanément et essuya de sa langue fourchue le coin de ses lèvres. Le roi fit un sourire pincé quand il vit cet attribut naga.

— Quel mélange, tout de même ! souffla-t-il.

Anavar ouvrit ses yeux, eux aussi ophidiens, au grand soulagement de Phaïno.

— Ça va, jeune homme ?

Celui-ci toucha de la main la couverture qui recouvrait son corps nu, puis soulagé, il répondit par l'affirmative d'un hochement de la tête.

— Tu t'es enflammé, il paraît ?

— Oui !

— Alors, ça t'a plu, à part être nu ?

Anavar rougit, se rappelant la scène avec la nièce de Phaïno, puis répondit :

– Je crois que oui, mais j'ai senti une intense douleur par la suite, est-ce normal ?

– Peut-être. Pour un salamandre pur, c'est facile, le feu est ce qui alimente son cœur dès sa naissance, mais pour toi, c'est différent.

– Vais-je en mourir, Phaïno ?

– Je ne crois pas. Si ta double nature ne t'a pas tué jusqu'ici, je ne vois pas pourquoi elle le ferait maintenant. Je crois simplement que cette dualité te fera vivre des moments intenses en cette période de changements importants. Tu deviens un adulte. Ça implique une métamorphose.

– Dites-moi pourquoi, Phaïno ?

– Pourquoi quoi ?

– Pourquoi mon père m'a-t-il fait ?

– Parce qu'il est bon.

Anavar scruta le regard du roi salamandre de ses yeux jaunes. « Bon » n'était plus un qualificatif qui lui venait à l'esprit lorsqu'il pensait à Ka'al.

– Je ne comprends pas vraiment.

– Les salamandres sont en voie d'extinction, j'étais le dernier mâle avant toi. Quand ton père est passé par ici, il y a environ dix-sept années, il devint mon seul espoir de sauver ma race, ainsi que l'élément feu.

— Et vous croyez que Ka'al l'a fait par bonté ?

— Peu importe. Il était arrivé ici le cœur meurtri par une femme, avec le désir d'unir nos deux royaumes contre ceux des autres éléments. Il fut déçu d'apprendre que ma race se mourait et qu'il ne pourrait pas obtenir grand-chose de ma part s'il ne m'aidait pas. Sans toi, l'élément feu s'éteindrait avec le mien, et sans l'élément feu, l'élément terre ne peut être plus fort que l'air, l'eau ou même l'éther. Le plan de ton père ne pourrait donc pas se réaliser.

— Alors, vous voulez vraiment que Ka'al déséquilibre les éléments et domine la Terre ?

— C'est un prix que je suis prêt à payer pour la survie de la race salamandre.

— Savez-vous ce que ce déséquilibre peut causer à la planète ?

— Pas vraiment ! En fait, je n'y crois pas tellement. Je ne sais pas d'où Ka'al tient ses théories élémentaires, mais moi, je ne crois pas que l'absence d'un élément changera quelque chose. Je suis juste content que le mien ne s'éteigne pas et que ton père soit apparu dans mon royaume au bon moment. Car personne ne vient par ici, et sans lui, tu ne serais pas là.

— Et l'élément eau, alors ?

— C'est celui-là même qui me fait douter de la théorie de Ka'al et qui cause bien des tourments à ton pauvre père. En principe, avec la mort de la princesse

Isabella, la dernière ondine, il aurait dû se passer quelque chose avec l'élément eau. Mais le mystère persiste encore.

— Et Vesta ?

— Qu'est-ce qu'elle a, Vesta ?

— Elle ne peut pas perpétuer l'élément feu ?

— C'est un peu compliqué, mais en quelques mots, l'élément feu est préservé par le mâle salamandre, il en est ainsi pour l'élément terre également.

— Et l'élément air ?

— Comme l'élément eau, c'est la femelle de la race qui en est la gardienne.

— Et le cinquième élément ?

— Je ne sais pas, nous en savons si peu sur cet élément particulier.

— Il y a une chose que je comprends mal à mon sujet.

— Quoi ?

— Si je suis le fils de Ka'al et d'une femme salamandre, mon sang salamandre vient d'une femelle ; donc, pourquoi suis-je en mesure de perpétuer l'élément feu et non pas Vesta ? Je ne porte pas votre sang !

— En fait, oui, tu le portes. Après ta conception, les œufs ont été injectés de mon sang. C'est pour ça que l'expérience fut si compliquée et que tous les autres œufs n'ont pas survécu à cette transfusion. Il était primordial que tu portes mon sang, les éléments sont perpétués par les représentants royaux de leur race respective.

— Comment ? Qu'est-ce que vous dites ? s'exclama Anavar avec inquiétude.

— Bien oui, ce sont les princes héritiers ou les princesses héritières qui perpétuent l'eau, l'air, le feu et la terre, répéta tout simplement Phaïno.

Vesta entra dans la chambre avec un magnifique pantalon ; en souriant, elle l'offrit à Anavar qui rougit de nouveau.

— Euh, merci, Vesta, balbutia-t-il, encore indisposé d'avoir été vu nu. Je m'excuse pour l'incident de tout à l'heure, prononça-t-il difficilement, sous le regard amusé du roi salamandre

Vesta lui sourit gentiment, puis suivit son oncle hors de la chambre, lequel venait de conseiller à Anavar de se reposer. Mais ce dernier eut de la difficulté à trouver le sommeil ; ses pensées étaient fortement troublées par les dernières affirmations de Phaïno au sujet des princes héritiers des éléments.

— Qu'as-tu fait, Ka'al ? murmura-t-il inquiet. Ou bien que comptes-tu faire ? souffla-t-il, encore plus perturbé par ses pensées.

abian ouvrit légèrement les yeux. Il entendit au même moment une voix retentir tout près de lui.

— Somala, Somala ! disait la voix naga. Viens voir, il s'éveille. Regarde, regarde ses yeux ! Je te l'avais bien dit !

— Oh Rama ! La malédiction de Ka'al va nous tomber sur la tête, pourquoi l'as-tu ramené ici ?

— Tais-toi, Somala ! Comment peux-tu dire une chose pareille ! Ce vieux sage, c'est lui, la malédiction !

Les yeux de Fabian réussirent à distinguer la silhouette du naga qui le fixait avec un sourire béat.

— Ra'bia, est-ce bien vous ? Je suis Rama, vous souvenez-vous de moi ?

— J'ai déjà entendu ce nom.

— Je faisais partie de la garde royale de la reine. Vous n'avez pas changé, mon garçon, sauf en ce qui concerne la couleur de votre peau. Bon, vous avez vieilli, bien sûr…

— Où suis-je ?

— Dans notre humble demeure, à mon épouse et moi. Je vous ai trouvé évanoui sur la route, il y a quelques heures. Ne vous en faites pas, vous ne courez aucun danger avec nous.

— De quelle malédiction parlait votre épouse ?

— Oh ça, ce ne sont que des sottises ! répondit Rama en foudroyant sa conjointe d'un regard dur. Ka'al a fait croire au peuple naga que si un jour vous réapparaissiez, ce serait signe de mauvais augure. Mais ce ne sont que les écervelés et les lâches qui croient encore aux paroles de ce vieux traître, qui n'a plus le moindre gramme de sagesse en lui. Mais vous, où étiez-vous, tout ce temps ?

— J'ai vu les disciples de Ka'al tuer mes parents et je suis parti loin.

— Je le savais que Ka'al était le traître, s'exclama Rama.

— Doux Vishnou ! s'exclama Somala, angoissée.

— Le royaume vit dans la terreur depuis ce jour, mon pauvre prince Ra'bia. Êtes-vous revenu pour chasser ce renégat ? Sachez que vous aurez la collaboration d'un bon nombre de soldats non pervertis par ce naga indigne, expliqua Rama.

— Je n'ai rien d'un souverain ni d'un soldat, mon cher Rama…

— Le sang royal coule dans vos veines, que vous le vouliez ou non, mon prince, et le meurtre de vos parents ne peut rester impuni.

— Peut-être. Mais j'ai vécu trop longtemps loin des nagas pour pouvoir les gouverner. Je suis revenu, car des soldats nagas ont kidnappé une jeune fille à la surface de la mer, au-delà du Gouffre. Je veux la libérer pour qu'elle retourne chez elle.

— Une jeune fille ? Une humaine n'aurait jamais survécu au voyage dans les profondeurs.

— Elle n'est pas tout à fait humaine. M'aiderez-vous à la libérer ?

— Nous aiderez-vous en retour ?

Fabian soupira profondément. De ses magnifiques yeux gris, il fixa le regard interrogateur du naga. C'était un naga assez âgé. Sa peau était ridée et ses cheveux, blancs comme le lait ; mais ses yeux étaient empreints d'une douceur apaisante. Sa bonté se lisait dans ce regard profond.

— Ce que j'ai vécu ici ne s'effacera jamais de ma mémoire. De plus, il est primordial qu'Éva soit emmenée loin d'ici au plus vite, car Ka'al lui veut du mal.

— Avec tout le respect que je vous dois, mon jeune prince, je veux que vous sachiez que l'horreur que vous avez vécue ce jour-là, nous, nous la vivons depuis votre disparition !

— Le royaume naga et tous les autres royaumes ne seront plus rien si Éva n'est pas sauvée et que Ka'al met en branle son plan démoniaque.

— Ka'al est déjà parti au royaume de la salamandre, j'ai bien peur que son plan ne soit déjà amorcé, mon prince.

— Sauf que Ka'al croit avoir anéanti le royaume ondin…

— Éva est une princesse ondine ?

— Demi-ondine, oui !

— Les dieux ont entendu nos prières, Somala ! s'exclama Rama, soulagé, à l'intention de sa femme. Alors, mes soldats et moi, nous vous aiderons à la sauver !

— Merci ! Pour mon trône, nous verrons. Je ne crois pas que Ka'al abandonnera facilement son ambition de dominer la Terre entière. Pour l'instant, je préfère rester discret et essayer de trouver un plan pour arrêter ce vieux naga malicieux.

— À vos ordres, mon prince !

Fabian sourit avec respect au vieillard sympathique. Somala lui apporta de quoi se rassasier, et en s'agenouillant, s'excusa pour les propos qu'elle avait tenus plus tôt.

— Relevez-vous, je vous en prie, et ne vous en faites pas pour cela. Je sais fort bien combien Ka'al peut être terrifiant !

— Je vais rassembler une troupe fiable pour aller libérer la princesse Éva. Nous serons prêts à la tombée de la nuit. Voudrez-vous que nous vous escortions jusqu'à la surface, prince Ra'bia ?

– Non ! Les humains ne sont toujours pas prêts à nous voir.

– D'accord.

La nuit tombait rapidement au royaume naga, qui n'était par très illuminé même pendant la période diurne. Il n'y avait qu'une petite différence de luminosité entre ces deux périodes de la journée, en raison de la réfraction de la lumière solaire à travers des glaciers enfoncés dans les profondeurs de l'océan, et composant ci et là le plafond de ce royaume. Même si l'on parlait du Gouffre comme étant le monde du centre de la Terre, il était en fait sous les planchers des océans. La partie boréale du royaume étanche, encerclé de granit, bénéficiait de cette légère lumière bleutée, tandis que la partie plus australe était dans l'obscurité totale. Dans ces régions, les nagas puisaient continuellement dans l'eau des algues fluorescentes pour illuminer légèrement leurs journées. Le château du royaume, ainsi que les habitations de la majorité de la population naga, se trouvait près des plafonds de glaciers. Il n'y avait que quelques sorties au travers d'antichambres qui permettaient le passage à l'eau. Seuls les nagas pouvaient franchir les portes de granit, comme dans le royaume de la salamandre. Un caillou de granit était nécessaire. En le déposant dans une cavité de la porte, les nagas transformaient ce matériau dur en un matériau mou, flexible et non étanche, qu'ils pouvaient franchir pour se retrouver dans une antichambre. Quand la porte reprenait sa constitution et qu'elle redevenait étanche, ils procédaient de la même façon pour la deuxième porte, qui remplissait l'antichambre d'eau. L'eau demeurée coincée après la solidification de la deuxième porte se vidait lors de l'utilisation suivante du système.

À la tombée de la nuit, les soldats de Rama étaient prêts à envahir les donjons du château royal pour libérer la princesse ondine. Ils assommèrent un à un chaque garde naga de l'armée de Ka'al. Ces derniers furent pris au dépourvu, car en huit ans, jamais personne ne les avait attaqués. Le peuple naga était surtout composé d'humbles paysans pacifiques, terrifiés par la réputation du vieux sage. Rama avait clairement donné l'ordre d'éviter la violence inutile. Rendus aux donjons, les soldats de Rama se placèrent stratégiquement pour prévenir ceux qui libéreraient la princesse de l'arrivée éventuelle de renforts. Rama resta près d'eux, pendant que Fabian et un jeune soldat se rendaient à la cellule d'Éva. Le garde de Ka'al, armé d'une épée, se mit aux aguets en les voyant arriver. Il prit conscience de la physionomie de Fabian et se mit à crier. Le jeune soldat accompagnant Fabian l'implora de se taire, mais le garde, avec des yeux terrorisés, pointait son épée sur eux en la balançant de droite à gauche. Éva se précipita vers la porte de sa cellule et eut l'impression que son cœur s'arrêtait quand elle vit son ami sain et sauf, à quelques mètres d'elle.

– Fabian ! Dieu soit loué ! Je le savais que tu t'en étais sorti, dit-elle en pleurant de joie.

Le garde se tourna vers elle, manipulant toujours son arme comme un forcené. Il criait les noms de toutes les divinités nagas pour éloigner la malédiction de l'apparition du prince héritier, revenu d'entre les morts pour annoncer la fin du royaume naga.

– Il va alerter toute la garde de Ka'al, s'écria le soldat.

À ces mots, Éva fit léviter ses larmes, elle les multiplia devant le regard des trois nagas et forma une énorme sphère qu'elle fit éclater avec force sur le visage du garde, qui ne vit pas venir le coup que le soldat lui asséna et qui le mit K.-O. Fabian regardait avec étonnement son amie. Le soldat ouvrit la porte de la cellule et la jeune ondine sauta dans les bras de l'orphelin.

– Oh ! Fabian ! Quelle joie ! J'ai tellement attendu ton retour depuis la catastrophe des îles.

Fabian sentit ses propres larmes ; à peine sorties de ses yeux, elles bougeaient et se mettaient à flotter autour d'eux. Il sourit tendrement à son amie en lui disant qu'il était content de la revoir enfin, puis lui dit combien il était soulagé qu'elle soit saine et sauve.

— Tu t'es trouvé de quoi t'occuper pendant que tu étais emprisonnée ? demanda-t-il en pointant les larmes qui lévitaient.

— Oui, c'est spécial, non ?

— Tu *es* spéciale, Éva !

Elle lui sourit.

— Tu devrais voir ce que mes chants font sur Terre.

— Ils sont mélodieux et doux !

— Peut-être, mais ils peuvent surtout contrer l'odieuse arme des Américains !

— Quoi ? Quelle arme ?

— Celle qui a provoqué le désastre aux îles Galápagos.

— Incroyable !

— C'est une question de fréquences. Mais je dois revenir là-haut, Fabian. Car la dernière fois, ils l'ont utilisée contre l'Islande, et pire encore, mon père croit que je me suis noyée.

— Oui, Éva. Nous devons partir, surtout avant le retour de Ka'al.

— J'ai su qu'il était parti au royaume de la salamandre.

– Oui, il entame son plan.

– Que va-t-il arriver, Fabian ?

– Je ne sais pas, mais nous devons d'abord régler le problème sur Terre, puis nous verrons comment arrêter Ka'al par la suite.

Les deux adolescents partirent quelque temps après la libération d'Éva. Fabian expliqua à Rama ce qui se passait sur Terre, sans oublier de lui faire part de l'importance d'Éva. Il lui promit qu'il serait de retour pour aider le royaume naga, mais lui spécifia que le problème terrestre risquait de mettre la planète entière en danger.

Le vieux naga lui avait humblement répondu qu'il ne doutait pas une seconde du vaillant cœur pur du prince héritier. Il lui avait également offert son entière collaboration pour l'aider avec sa petite armée de soldats, déjà fidèles au futur roi.

irik était encore bouleversé par l'image saugrenue de sa femme, qu'il avait aperçue grâce à une aide angélique. Sans cesse, tous les souvenirs de son passé avec Isabella repassaient dans sa tête comme un film.

— C'est tout simplement impossible ! se dit-il.

La porte de la salle s'ouvrit de nouveau. Un soldat entra, tenant Fabianna menottée, suivi du colonel John North. Eirik se leva, offusqué du traitement réservé à une scientifique de renom comme Fabianna.

— Messieurs, est-ce vraiment nécessaire de traiter une dame de la sorte ? lança-t-il.

— Ce sera nécessaire, aussi longtemps que « la dame », comme vous dites, s'attaquera à mes soldats ! cracha le colonel, furieux.

Eirik considéra sa collègue d'un regard interrogateur. Fabianna lui sourit de façon faussement angélique.

— Ils commencent à m'énerver, Eirik ! Ils nous détiennent ici sans aucun droit.

— Non, madame. C'est vous qui commencez à m'énerver, tous les deux, avec votre silence et vos cachotteries !

— Colonel, nous ne sommes que des scientifiques qui s'intéressent à des phénomènes naturels particuliers et qui s'en inquiètent. Nous n'avons rien à faire d'une arme, expliqua avec calme le jeune Islandais.

— Balivernes ! Je vais vous montrer, monsieur Adamsson.

Le colonel fit signe au soldat. Ce dernier déroula une toile en vinyle, accrochée au mur, puis leva le bras pour que quelqu'un, de l'autre côté de la vitre, démarre la vidéo préparée à l'intention des deux savants. On y voyait un tremblement de terre, puis on entendait le grondement d'un volcan, non loin de Reykjavik ; en plein milieu d'une secousse, tout s'arrêta brusquement.

— Ça vous dit quelque chose, cet épisode séismique ?

— Oui, nous étions chez moi.

— C'est assez particulier qu'un tremblement de terre s'arrête aussi subitement, ne croyez-vous pas ? Et qu'un volcan prêt à cracher ses entrailles se calme tout aussi subitement, non ?

— Oui, effectivement ! C'est aussi particulier qu'un tremblement de terre dans cette région de l'Islande, colonel. Mais rien n'est plus singulier que ce volcan éteint depuis plusieurs années, qui tout à coup aurait voulu se réveiller sans que personne puisse le prédire, ne trouvez-vous pas ? lança Eirik en soutenant le regard du vieux militaire.

— La nature a une volonté qui lui est propre, mon cher volcanologue !

— Eh bien, vous avez donc votre réponse pour cet arrêt soudain ! répliqua Eirik avec un sourire malicieux.

— Ne jouez pas avec moi, jeune homme.

— Je n'y songerais même pas !

Un autre soldat entra dans la salle avec un air embêté.

— Mon colonel…

— Quoi ?

— C'est le président sur la ligne un !

Le colonel le considéra l'air surpris, pris au dépourvu.

— Il veut vous parler et il est furieux !

Fabianna fit un clin d'œil à Eirik. Le colonel sortit en trombe, en exigeant toutefois que les deux scientifiques ne soient pas laissés seuls.

Une demi-heure plus tard, Eirik et Fabianna étaient dans un avion militaire qui les ramenait en

Islande, escortés des mêmes agents qui avaient kidnappé Eirik. Le voyage fut long, mais les deux chercheurs préférèrent ne pas trop parler pour éviter de révéler quoi que ce soit au sujet de l'exploit d'Éva, ou même de l'association des scientifiques. Ils dormirent une bonne partie du trajet. Ce n'est qu'une fois à l'aéroport de la capitale islandaise qu'ils furent laissés seuls. Ils prirent aussitôt un taxi et s'assurèrent de n'être pas suivis.

— Qu'est-ce qu'on va faire, Eirik ?

— Je dois retrouver Éva !

— Mais où crois-tu qu'elle soit ?

— Je ne sais pas, le message que tu m'as transmis n'est pas clair !

— Elena semblait bouleversée en raison de l'état de Juan. Crois-tu qu'il ait été affecté par les fréquences ?

— J'espère que non, car Juan est la seule personne qui puisse faire qu'Éva soit vivante !

— Pourquoi voulait-il que tu regardes la photo d'Isabella ?

Eirik baissa les yeux en se remémorant l'image de l'elfe qu'il avait vue puis répondit :

— Je ne sais pas encore, mais je vais trouver la réponse.

— Comment ?

– Sneffel !

– Le volcan ? Tu crois que Juan est parti là-bas ? Mais pourquoi Éva serait-elle rendue là ?

Eirik se prit la tête entre les deux mains, troublé et découragé. Fabianna posa sa main sur son épaule pour l'encourager, puis lui assura qu'elle l'accompagnerait.

– Tu as fait de l'escalade auparavant ?

– Oui, monsieur, lui répondit-elle.

– Merci, Fabianna. Crois-tu que nous avons tous un peu perdu la tête ?

– Je crois qu'il y a bien des choses qui changent en ce moment. Tu le sais autant que moi, Eirik, les découvertes scientifiques ce ne sont en général que des hypothèses ! La réalité, la connaissons-nous vraiment ?

– Je ne sais plus ! Éva est la seule réalité qui compte pour moi.

Fabianna lui sourit tendrement.

– Alors, Éva est la réalité que nous trouverons ! Mais il va falloir semer les gorilles à nos trousses.

– Je m'en fiche, qu'ils nous suivent jusqu'en enfer si le cœur leur en dit !

Quand ils furent arrivés à la maison, Eirik se dépêcha de préparer un sac à dos pour chacun d'eux. Il prit le matériel d'escalade d'Isabella, qu'elle n'avait utilisé que peu de fois, car elle ne raffolait pas des hauteurs et de la fraîcheur en altitude. L'eau était tout ce qui comptait pour elle. Eirik soupira à ces souvenirs. Ils partirent vers le Sneffel, situé à quelque cent vingt kilomètres de la capitale. Les agents les suivirent sans savoir qu'une bonne randonnée d'escalade les attendait.

Juan était rendu au sommet du glacier depuis déjà quelque temps ; c'était un endroit assez prisé par les touristes, les skieurs et les grimpeurs. Il avait loué une motoneige qui l'avait mené non loin du sommet. Il y avait passé une nuit pénible en raison du froid, puis une journée entière à chercher un indice qui lui aurait permis de trouver une entrée menant au centre de la Terre. Il avait imploré Micaëlle de lui réapparaître, mais en vain. Il commençait à croire qu'il était dément de s'être embarqué dans une telle quête. Durant sa deuxième nuit, il avait rêvé des feux de l'enfer, d'anges mystérieux, de catastrophes naturelles meurtrières et d'un chant mélodieux d'une douceur envoûtante. La deuxième journée passée au sommet promettait de meilleurs moments. Le soleil de juin se pointait à l'aube sur cet univers d'un blanc immaculé. Du haut du pic culminant du glacier, Juan resta ébloui en fixant l'horizon infini entre la mer et la terre.

— Dame Nature est d'une grandeur sublime, murmura-t-il en mettant sa main en visière pour mieux voir.

C'est alors qu'il vit, plus bas, une espèce de petite grotte. Il s'y rendit immédiatement pour voir si elle menait quelque part. C'était, en fait, une petite cavité de quelques mètres. Juan soupira en fermant les yeux, déçu.

– Juan, Éva et Fabian ont besoin de ton aide, pour l'amour de Dieu ! se dit-il, désespéré.

Il rouvrit les yeux et devant lui, le mur devenait quasi transparent, brillant d'une fine poussière d'argent. Derrière ce mur, il y avait une fente étroite et il vit que la grotte était plus profonde.

– Micaëlle ?

Mais toujours aucun signe de l'ange. Il se ressaisit, puis traversa le faux mur. Il fit quelques pas et eut du mal à respirer, coincé entre les deux parois de la roche volcanique. Au moment où il se dit qu'il devrait faire demi-tour pour aller chercher ce qu'il avait laissé dans sa tente, il fut précipité le long d'un tunnel étroit en pente douce, et glissa ainsi pendant plusieurs minutes, sa chute s'accélérant sans cesse. Il aboutit sur ses pieds dans une caverne ; son manteau et ses gants étaient complètement déchiquetés par le frottement sur la roche. Ses bras et le revers de ses mains étaient éraflés. Il retira le reste du manteau, puis constata les dégâts. Il saignait et les éraflures le faisaient souffrir, mais il n'avait rien pour se soigner, sa trousse de premiers soins étant restée à la surface. Dans la caverne, il faisait très chaud ; il retira donc sa chemise et se fit des lanières de tissu pour panser ses plaies. Il tenta de se concentrer sur cette tâche en évitant de songer qu'il n'aurait aucun moyen de remonter à la surface par le chemin qu'il venait d'emprunter. Sur son torse nu, on pouvait distinguer une cicatrice qui sillonnait la moitié de sa poitrine en diagonale. Il avait, semble-t-il, échappé à la mort quelques jours après sa naissance, mais il n'en n'avait jamais su davantage de la part de sa mère. Sauf qu'en raison de cette histoire, il avait été couvé toute sa vie, élevé dans la ouate ; il ne pouvait jamais rien faire d'excitant, durant son enfance, de peur de faire mourir sa mère. C'est justement parce qu'elle l'avait ainsi surprotégé, qu'il avait décidé, à l'âge adulte, d'aller étudier aux îles Galápagos pour devenir guide, loin des petits soins de sa mère.

— *Ay mamá !* dit-il, en pensant à la réaction qu'elle aurait si elle le voyait en ce moment.

Lorsqu'il eut terminé de panser ses blessures, il inspecta les lieux. Une fine lumière bleutée éclairait étrangement la caverne. Un tunnel, d'où provenait cette lumière discrète, s'enfonçait dans le fond de la grotte. Juan s'y engagea, espérant trouver une issue ; il n'avait rien à boire ni à manger. Ses blessures chauffaient. Il avait pu arrêter leur saignement avec les pansements, mais il ne les avait pas aseptisées. Les parois de roches volcaniques formant ce tunnel dégageaient une chaleur considérable qui le fit suer et lui donna soif. Il marcha quelques minutes et remarqua que l'intensité de la lumière augmentait au bout du tunnel. Il déboucha sur une autre caverne, dont les parois étaient, cette fois-ci, composées de glace teintée de bleu. La fraîcheur qui y régnait ne déplut point au jeune homme qui commençait à se sentir déshydraté. Il goûta l'eau qui dégoulinait de la paroi glacée, située près de la roche volcanique. Son goût salé lui donna un haut-le-cœur. Au bout de cette caverne, il y avait encore un tunnel, de glace aussi, dans lequel Juan pénétra en pressant le pas, espérant trouver une sortie avant d'être épuisé. À l'étroit dans cet espace glacé, il commençait à regretter d'avoir perdu son épais manteau de duvet et ses gants. Il traversa ainsi nombre de cavernes et de tunnels, tantôt de glace, tantôt de roche, jusqu'à ce qu'il soit réellement épuisé. Il sentait qu'il devenait de moins en moins lucide, en proie à des étourdissements et à des hallucinations. Il se disait qu'il allait tout bêtement périr dans ce trou sans fin, lorsqu'il sortit d'un dernier tunnel glacé dont le fond n'était pas illuminé par la lumière bleutée d'un autre tunnel. Le passage où il se trouvait était obscur et si étroit qu'il devait y marcher à quatre pattes. Ce qu'il fit à contrecœur et mû par le désespoir, posant ses mains une en avant de l'autre avec lourdeur, comme si elles étaient lestées. Au moment où il crut fournir le dernier effort possible, une brise lui frôla le visage comme une tendre caresse. Elle lui donna un regain d'énergie qui lui permit de se rendre à une embouchure. Même si ses yeux ne pouvaient pas bien discerner ce qui l'entourait, il aperçut, au loin, une sorte de mirage : peut-être deux lanternes illuminées d'une fine lumière, ballottant de droite à gauche en avançant vers lui.

– Au point où j'en suis, se dit-il. Eh ! Aidez-moi ! Sa voix retentit au loin.

Les lanternes s'immobilisèrent brusquement. Juan souhaita de tout son cœur que ce ne fût pas des ennemis. Encore à quatre pattes, il s'assit sur le rebord d'une sorte de falaise plus ou moins escarpée. Il devint étourdi et tomba au sol comme une roche, se heurta la tête et perdit connaissance.

CHAPÍTRE VII

K a'al et ses soldats arrivèrent au royaume naga. Le général demanda à lui parler sans tarder pour lui faire part des deux événements majeurs qui avaient eu lieu pendant son absence. Il commença par lui annoncer la découverte d'une jeune survivante ondine.

– Je le savais, s'exclama le vieux naga, c'était impossible que le royaume de l'eau ne se soit pas effondré à la disparition de la princesse Isabella. Notre belle ondine nous a bien eus ! Elle avait eu le temps d'enfanter avant sa capture. Où est cette enfant ?

– C'est la deuxième raison de ma venue, grand Ka'al.

– Qu'y a-t-il ?

– Des traîtres ont attaqué les gardes des donjons pour libérer la jeune ondine.

– Qui ?

Le général fit signe à l'un de ses hommes, qui fit entrer celui qui avait vu les ravisseurs. On lisait encore la terreur dans ses yeux. Ka'al le regarda. Le général ordonna au témoin de raconter sa mésaventure au sage.

— Ô grand Ka'al, la malédiction est tombée sur nous !

— Mon général, qu'arrive-t-il à ce jeune garde ?

— Le jeune dit avoir vu le prince Ra'bia !

— Impossible !

— Je l'ai bien vu. Ses écailles d'argent brillaient d'une luminosité particulière et ses yeux gris étaient d'une profondeur envoûtante. Il semblait revenu du pays des morts. Et la jeune ondine, elle a...

— Elle a quoi ?

— Des pouvoirs étranges. Elle fait léviter les gouttes d'eau, puis elle les...

— Bon, bon ça suffit, allez vous reposer, jeune homme.

Le général et Ka'al restèrent seuls.

— Je crois bien que le prince a survécu, Ka'al.

— Mais où s'était-il caché toutes ces années ?

— Je ne sais pas, nous avons passé le royaume au peigne fin.

— Il a libéré seul la jeune fille ?

— Non ! Des soldats nagas l'ont aidé.

— Je vois, vous avez trouvé les responsables ?

— Pas encore !

— Bien, continuez à chercher, mon général ; moi, j'ai un vieil ami à visiter.

— Oui, grand Ka'al.

Le sage se gratta la barbe, songeur. Tout ceci mettait son plan en danger. Il avertit ses soldats qu'ils devraient partir de nouveau plus tard pour le royaume de la salamandre.

Non loin de là, le jeune soldat, qui avait libéré Éva avec l'aide de Fabian, arriva à la course à la demeure de Rama.

— Rama, Ka'al est de retour ! s'écria-t-il, angoissé. Il ne tardera pas à être mis au courant de notre trahison, que devons-nous faire ?

— Regroupe les soldats et rendez-vous à l'est du royaume. S'ils osent vous poursuivre, fuyez à la surface par le Trou et tentez de rejoindre le prince.

— Et vous ?

— Moi, je reste ici. Je suis trop vieux pour ces aventures.

— Mais, Ka'al va…

— Ka'al ne fera qu'empirer sa situation s'il touche à une écaille de mon corps !

— Nous ne pouvons pas vous perdre, Rama !

— Ra'bia est le seul qui compte maintenant, soldat. Sans lui, la Terre se désorganise ! Maintenant, faites vite, car le temps presse !

Le soldat, Saka, baissa solennellement les yeux et détala au pas de course. Peu de temps après, les hommes de Rama se rendaient au levant du royaume. Le jour tombait dans la cité. Rama méditait dans son salon, pendant que Somala s'affairait dans la cuisine. On cogna à la porte, Rama soupira et alla ouvrir.

— Bonsoir, vieil ami ! dit Ka'al.

— Bonsoir, Ka'al, déjà de retour ?

— Oui, pas pour longtemps. Puis-je entrer ?

— Oui, entrez, je vous sers quelque chose ?

— Non, merci. J'ai à vous parler sérieusement, Rama.

— Allez-y, répondit l'hôte en s'asseyant avec son invité au salon.

— Qu'avez-vous fait, Rama ?

— Moi ? Vous voulez rire ? Ça fait des années que je me pose cette question à votre sujet.

— N'êtes-vous pas fatigué de ramper comme un simple reptile au fond d'un royaume englouti aux confins de la Terre à cause de ces ignobles humains ?

— La seule fois où j'ai eu l'impression que le peuple naga rampait comme un reptile, c'est quand vous avez pris les commandes, Ka'al ! Et j'ai cru longtemps que c'était la fin de notre race. Je croyais que la lignée royale s'était éteinte.

– Et elle ne l'est pas ?

Rama le considéra d'un regard dur.

– C'est donc bien toi... reprit Ka'al. Où l'avais-tu caché ?

– Je n'ai rien caché ! C'est plutôt toi qui avais des choses à cacher. Tes propres souverains, ton roi et ta reine, comment as-tu pu ?

– De quoi parles-tu ? demanda Ka'al.

– Il t'a vu !

– Qui ?

– Ra'bia, c'est lui qui a fui tout seul vers la surface. Qui peut le plaindre, après ce qu'il avait vu ?

– Brillant garçon, je dois l'avouer ! Alors, il a vécu avec ces êtres répugnants ?

– Le monstre, c'est toi ! Ne sais-tu pas ce qui arrive lorsque la lignée royale s'éteint ? Toi qui étais si sage, ne sais-tu pas cela ?

– Oh oui ! Mais l'avenir ne repose pas sur cette race de simples reptiles cachés. La terre n'a pas la force du feu !

– À chacun sa force !

– Peut-être, mais si l'on peut choisir...

– Tu te débarrasses de l'eau, de la terre, et de quoi ensuite ? L'air et l'éther ? Pourquoi ? Quelle mouche t'a piqué pour que tu entreprennes une telle quête qui t'a transformé en monstre ?

— Cherche toujours, vieux ver de terre. Ils verront ce que c'est que d'être confiné dans un monde enseveli… S'ils survivent !

— Pourquoi tant de haine ?

— Pourquoi tant de tolérance et de soumission ?

— Ka'al, ce n'est pas toi, tout ça. Toi et moi, on se connaissait. Tu aspirais, au contraire, à t'élever, non pas à t'abaisser au rang de meurtrier avide de pouvoir !

— Balivernes ! La croyance, la divinité, la foi, l'illumination, la réincarnation, la résurrection, et quoi encore ? Ce ne sont que des mensonges, comme l'effet d'une drogue pour nous rendre aveugles, sourds et muets.

— Alors, l'homicide, l'arrogance, la tricherie, la trahison, la haine, c'est ça qui est vrai ?

— Non, mais si ça les prend pour accéder au pouvoir, répondit Ka'al avec un sourire sardonique.

— Quelle horreur de voir ce que tu es devenu, Ka'al !

— Je trouve que je vieillis quand même assez bien, répondit le vieux sage avec malice.

— Que me veux-tu ? rétorqua Rama.

— Où est-il ?

— Loin.

— Il est retourné voir ses amis ?

— Il semble en avoir, lui !

— Ha, ha, ha ! L'important, c'est la qualité… Peu importe. Lui et moi, on se retrouvera. Et prince ou pas prince, il n'est pas à la hauteur de mon fils Anavar, le futur roi salamandre !

— Quoi ?

— Le feu, c'est ce dont nous avons besoin pour exterminer la vermine qui pullule sur Terre ! Bon, ça suffit. Maintenant, je dois partir, tu salueras le prince héritier d'un royaume en voie de disparition de ma part ! lança le vieux naga sur un ton cynique.

Et il s'en alla.

Somala, qui avait écouté la conversation, cachée, vint rejoindre Rama.

— Il est dément, Rama !

— Je le crois aussi.

— Qu'a-t-il voulu dire, concernant Anavar ?

— Je ne sais pas, il a peut-être vendu son fils au roi salamandre.

— Il ferait cela ?

— Y a-t-il quelque chose de vil qu'il n'oserait pas faire après avoir tué ses souverains ?

— Tu as raison. C'est un monstre.

— Il va tout détruire autour de lui ! Somala, je ne peux pas le laisser faire.

— Oh ! Rama, que comptes-tu faire ?

— Je dois prévenir Ra'bia.

— Oh non, Rama, tu n'iras pas... *au-delà* ?

— Je n'ai pas le choix !

Somala sentit les larmes lui monter aux yeux. Elle savait que Rama était trop vieux pour ce genre d'aventure, mais elle savait aussi qu'il ne changerait pas d'idée.

— Je vais te préparer ce qu'il faut.

— Merci !

Il partit vers la surface peu de temps après.

Ka'al, de son côté, repartit avec ses soldats vers le royaume de Phaïno.

Les hommes de Rama, eux, se réfugièrent près de la sortie du Sneffel.

irik et Fabianna étaient rendus au sommet du superbe volcan glacier. Ils cherchèrent Juan partout. Ils trouvèrent sa tente encore montée et son attirail laissé pêle-mêle à l'intérieur. Ils surent tout de suite que c'était à lui, car la photo d'Elena était sous l'oreiller.

Au pied de la montagne, les agents mirent le colonel au courant des activités des deux scientifiques. Ce dernier demanda à ses hommes de s'éloigner de la zone, car il avait l'intention de flanquer une sacrée frousse aux scientifiques qui l'avaient fait passer pour un incompétent aux yeux du président.

Pendant ce temps, à Reykjavik, Fabian et Éva émergeaient de l'océan. Ils se rendirent à la course jusqu'à la maison d'Éva et d'Eirik. La jeune adolescente chercha son père dans toutes les pièces. Elle se rendit à la cuisine, suivie de Fabian. Le long voyage leur avait donné faim.

— As-tu faim, Fabian ? Je vais te faire ma collation préférée, des crêpes islandaises.

– Je veux bien essayer.

– Moi, je les mange tartinées de skyr[1] aux baies.

Éva prépara la pâte à crêpe, sortit la poêle, deux assiettes et le fromage à tartiner. Elle faisait cuire la deuxième crêpe lorsqu'ils ressentirent les ondes.

– Ah ! cria Éva. Ils s'y remettent !

L'intensité était encore plus puissante que la dernière fois. La terre trembla et ils entendirent le grondement d'un volcan, non loin. Ils accoururent à la fenêtre pour voir que le Sneffel menaçait de s'éveiller, après tant d'années de dormance.

– Ils exagèrent ! Pas le Sneffel ! s'écria Éva, si furieuse que ses yeux devinrent jaunes.

Au sommet du Sneffel, Eirik et Fabianna furent pris au dépourvu.

– Eirik, ne s'agit-il pas d'un volcan éteint ?

– Oui, viens, nous devons redescendre au plus vite.

– C'est encore ces sales gorilles ! lança Fabianna.

Ils descendirent à la course jusqu'à une motoneige, l'enfourchèrent et fuirent ce lieu qui menaçait de cracher ses entrailles de feu.

---

[1] Fromage à la crème.

Éva avait éteint la cuisinière et s'était mise à chanter pour faire cesser les effets du plan diabolique des militaires. Fabian la regardait affectueusement, se laissant envoûter par sa voix. Les ondes furent années, les tremblements arrêtés et le volcan se tut.

Les agents secrets qui s'étaient rendus à l'aéroport pour fuir le pays dans leur avion militaire reçurent un appel du colonel.

— Retournez à la maison du scientifique ! s'écria-t-il à l'autre bout du fil. Leur arme est en train de fonctionner en ce moment. Fouillez la maison de fond en comble et rapportez-moi cette arme !

Eirik arrêta la motoneige. Il se retourna vers le sommet du volcan.

— Il s'est arrêté !

— Tu crois ?

— Non, je le sais !

– Pourquoi ?

– Éva !

– Tu crois ?

– Retournons à la maison !

Les agents regardaient les deux adolescents au salon à travers une fenêtre. Avec un dispositif d'écoute à distance, qui traduisait simultanément leurs paroles en anglais, ils écoutèrent ce qu'ils disaient.

– C'est incroyable, Éva, que tu puisses contrer les effets de leur arme avec ton chant !

– Une chance, Fabian, car sinon, ils continueraient de détruire des îles comme celles des Galápagos. Le Sneffel est un volcan éteint, pourquoi osent-ils l'éveiller ainsi ? Qui se croient-ils, ces humains !

Les agents se regardèrent, incrédules. Ils ne saisissaient pas le sens des paroles des deux adolescents. Ils téléphonèrent au colonel et lui firent entendre l'enregistrement de la conversation d'Éva et de Fabian. Le colonel resta interloqué. En d'autres circonstances, il aurait cru que les jeunes fabulaient. Il préféra ne pas courir de risque et ordonna à ses hommes de kidnapper les adolescents.

– Et pour l'amour du ciel, soyez discrets, cette fois-ci. Je ne veux pas un autre appel du président ! ajouta-t-il.

Les agents lui obéirent et entrèrent en douce dans la demeure, chargeant leur fusil de flèches sédatives. Éva et Fabian s'écroulèrent simultanément lorsqu'ils furent atteints au cou. Les agents les embarquèrent en douce dans leur camion noir blindé et filèrent jusqu'à l'avion militaire.

Une heure plus tard, la voiture d'Eirik se garait à toute vitesse dans le stationnement de sa demeure. Le jeune Islandais se précipita dans sa maison en appelant désespérément sa fille. Rien, pas de réponse. Fabianna le suivit. À la cuisine, ils constatèrent qu'on avait commencé à y préparer des crêpes.

– Elle était ici, Fabianna !

– Tu en es certain ?

– Oui, c'est sa collation préférée ! Regarde, il y a deux assiettes, elle était avec quelqu'un.

– Mais pourquoi s'être arrêtée en plein milieu ?

– Je ne sais pas ! Peut-être à cause des tremble-ments et des grondements. Je vais téléphoner à des gens qu'elle connaît, peut-être est-elle allée se réfugier chez des amis.

– D'accord, Eirik ; pendant ce temps, je vais téléphoner à Georges. Puis-je prendre ton téléphone portable ?

— Bien sûr !

— Ne t'en fais pas, Eirik, nous approchons du but ! Elle est saine et sauve, probablement pas loin d'ici, lui souffla Fabianna en souriant pour le rassurer.

— Si tu savais le poids qui me pèse sur le cœur, Fabianna.

— Je ne peux même pas m'imaginer !

— Quand je la trouverai, je vais la prendre dans mes bras et ne plus jamais la relâcher !

Fabianna en eut les larmes aux yeux, puis alla téléphoner à Georges. Eirik appela un grand nombre de personnes, mais en vain. Personne n'avait vu Éva. Fabianna tentait de le consoler, mais voyait bien qu'il était à bout de nerfs.

— Je vais devenir dingue, Fabianna, je veux juste ma fille ! Est-ce tant demander ? Peu m'importe qu'elle soit une elfe ou un gnome ou qu'elle puisse annuler les ondes d'une arme de destruction massive, je veux juste qu'elle revienne, pour l'amour du ciel !

À ces mots, Fabianna se raidit sur le sofa.

— Oh, Eirik !

— Quoi ?

— Je crois que tu viens de le dire. Éva a dû annuler les ondes de l'attaque des Américains !

— Oh non ! Ils l'ont probablement capturée ! Ah ! s'écria Eirik, furieux, en donnant un coup poing féroce sur le mur.

Dans le ciel, les particules d'argent de Micaëlle semblaient souffrir d'hyperactivité. Depuis qu'elle avait enfreint les règles en permettant à Eirik de voir la vraie nature d'Isabella, elle était confinée aux mêmes tâches que les autres anges, c'est-à-dire réparer les trous dans l'ionosphère causés par le rayon de la mort. Mais ce qui arrivait à Éva l'inquiétait terriblement.

– Nous n'avons pas besoin d'un autre ange déchu, avait simplement dit l'un des membres de la collectivité de l'éther.

Micaëlle lui avait spécifié que son intervention auprès d'Eirik était un cas de force majeure. « Si Éva n'est pas sauvée, le monde sera déséquilibré », avait-elle dit ; mais les membres de la collectivité n'étaient pas d'accord. Ils croyaient plutôt que l'ange s'était laissée influencer par les souvenirs d'Isabella qui l'habitaient. La collectivité avait déjà commencé à douter de la transparence de Micaëlle, lorsqu'elle s'était défendue au sujet de Juan. Elle leur avait pourtant dit que c'était lui qui l'avait vue et que c'était lui qui lui avait adressé la parole en premier.

– Impossible ! lui avait-on rétorqué.

– Mais il existe des cas, avait lancé Micaëlle.

– Très peu et seulement des fractions de secondes avant la mort physique de l'être, s'était-elle fait répondre. Or, Juan n'était pas mort ni même mourant au moment où elle disait qu'il l'avait vue.

Elle se trouvait donc maintenant au même rang que tous les autres anges, à réparer les innombrables dégâts des humains.

— À quoi ça sert d'être un ange si je ne peux pas aider ceux qui peuvent sauver notre monde ? s'écria-t-elle, maintenant qu'elle savait qu'Éva était aux mains des vilains. Tout ça pour un ange qui s'est trompé une fois ! Dois-je vraiment payer pour elle ? Devons-nous, tous, payer pour elle ? Juan m'a vue et nous savons peut-être un peu pourquoi !

Les anges arrêtèrent de réparer le ciel. Puis, Micaëlle sentit qu'on libérait ses particules.

— Merci ! Merci ! Je ne faillirai pas à ma tâche !

— Concentre-toi sur Éva, Micaëlle.

— Oui !

Elle se dirigea vers l'Alaska comme une étoile filante.

haïno faisait les cent pas dans une des salles de son royaume. Il s'enflammait et se désenflammait, ne pouvant maîtriser ses émotions. Anavar et Vesta vinrent le voir, alertés par ses cris.

— Que se passe-t-il, mon oncle ?

— Ils exagèrent !

— Qui ça ? demanda Anavar curieux. Il commençait à se sentir de plus en plus chez lui depuis quelques jours, surtout depuis qu'il n'avait plus vraiment l'allure d'un naga, mais celle d'un élégant prince salamandre – même s'il n'avait pas de queue, qu'il avait les yeux jaunes et la langue fourchue.

— Les humains ! Ils ont encore tenté d'éveiller le volcan de mon père !

— Ils ont fait cela, mon oncle ? Pourquoi ?

— Je ne sais pas ! Peut-être que Ka'al avait raison à leur sujet. Ils n'ont aucun respect pour la Terre. Ils ont tué plusieurs de mes consœurs aux îles Galápagos, et maintenant, ils perturbent le sommeil éternel de mon pauvre père !

— Que pouvons-nous y faire ? demanda Anavar.

— Qu'ils respectent les limites de nos royaumes, sinon, ils verront de quel bois je me chauffe ! répondit Phaïno en s'enflammant de nouveau.

— C'est à prendre au mot ! s'esclaffa sa nièce.

Mais son oncle se désenflamma aussitôt et fut pris d'un étourdissement. Il dut se tenir à la paroi de la salle pour ne pas tomber.

— Mon oncle ?

— Bon, je ferais peut-être mieux de ne pas trop m'enthousiasmer.

— Oui, mon oncle. Allez vous reposer.

Anavar, intrigué, questionna Vesta après le départ du roi :

— Qu'est-ce qu'il a ?

— Il est malade. Comme mes parents l'étaient.

— Il va mourir ?

— Il ne lui reste pas beaucoup de temps. Tu arrives à point, Anavar ; sans toi, nous étions perdus.

— Je ferai tout ce qu'il faudra pour que la race salamandre survive. Toutes mes idées préconçues à votre sujet étaient fausses. Vous êtes des êtres purs, bien plus que certains nagas, du moins.

— Tu es toujours furieux contre Ka'al ?

— Je ne sais pas ce que je ressens. Ce n'est pas juste mon corps qui change.

– Je vois.

– Ka'al est fort pour convaincre les gens, mais je me demande si c'est une bonne chose.

– Pour l'instant, il vaut mieux que tu apprennes tout sur le royaume de la salamandre, car on ignore quand mon oncle mourra.

– Tu m'en vois peiné, Vesta. Phaïno est bon.

Les jours suivants, Vesta accéléra le rythme des leçons pyrotechniques d'Anavar, qui devait maîtriser le feu dans tous ses états, dans toutes les circonstances et avec toutes ses forces.

Ka'al, accompagné de ses hommes, arriva près de l'entrée du royaume de la salamandre, deux fois plus rapidement que lors du dernier voyage. Les soldats étaient exténués et furent contents que Ka'al leur suggère de se reposer pendant qu'il irait rencontrer Phaïno. Le vieux naga, lui, ne laissait paraître aucun signe de fatigue, au grand étonnement de ses soldats, beaucoup plus jeunes que lui. Ce que Ka'al ne leur disait pas, c'était qu'il prenait régulièrement de la liqueur d'escargot, une boisson revigorante. Une recette secrète de son ami, le roi salamandre. Il se rendit jusqu'au fond du tunnel qui menait à la porte du royaume. Là, il cogna et appela son fils et le roi Phaïno. Ce dernier vint lui ouvrir après quelques minutes.

— Déjà de retour ?

— Oui, l'heure est grave, mon vieil ami !

— Je ne te le fais pas dire. Je ne vais pas très bien et les humains s'en prennent au repos éternel de mon père, répondit-il, encore échaudé par le sujet.

— Tu as su ? s'exclama Ka'al, satisfait que le roi soit furieux après les humains.

— De tous les volcans, ils s'en sont pris au plus sacré pour moi !

— C'est la raison de mon retour subit. Comment se porte mon fils ? ajouta-t-il.

— Anavar est merveilleux ! Il apprend à maîtriser le feu qui l'alimente et devient un fier prince salamandre, répondit Phaïno en souriant.

— Tu m'en vois ravi !

— Veux-tu le voir ?

— Tout à l'heure, pour l'instant je veux discuter avec toi.

Ils se rendirent à une salle et fermèrent la porte derrière eux.

— Il est temps, Phaïno ! J'ai respecté ma part du marché. Maintenant, c'est à ton tour !

– Ka'al, je ne sais pas si c'est le bon moment pour moi.

– Phaïno, un pacte est un pacte ! Anavar est sain et sauf, il possède toutes les capacités pyrotechniques et le sang royal salamandre coule dans ses veines. Ta race et ton élément se perpétueront, comme tu le voulais.

– Oui ! Mais…

– Que manque-t-il ?

– C'est juste que ma santé ne s'améliore pas.

– Phaïno, ta santé ne va pas s'améliorer ! Tu dois respecter ta part du marché pendant qu'il est encore temps ! Sinon, je reprends Anavar, il reste mon fils !

Phaïno baissa les yeux et soupira profondément.

– On n'a rien sans rien, ajouta Ka'al avec malice.

– Entendu. Tu auras ce que tu as exigé, Ka'al. Je suis un être de parole !

– Bien, répondit Ka'al, satisfait. Bon, je dois partir.

– Tu ne vas pas voir Anavar ? Il sera déçu.

– Bon, mais quelques minutes. Le temps presse.

Phaïno regarda le vieux naga avec mépris. *Quel genre de père ne prendrait pas le temps de voir son fils ?* songea-t-il.

Ils sortirent de la salle et le roi interpella Anavar. Une flamme orange parcourut le corridor jusqu'à eux. En voyant le visiteur, Anavar hésita à se désenflammer. Il brilla devant eux de toute la magnificence de sa flamme orangée.

— Anavar ? demanda Ka'al, ébloui par ce feu.

— Tu peux te désenflammer, Anavar, je crois que tu as impressionné ton vieux père.

Anavar obéit à Phaïno et redevint matière ; Ka'al fut étonné de voir son corps sans écailles.

— Eh bien, lança le vieux naga en retenant une grimace en raison de la nouvelle physionomie de son fils.

— Tu es déjà de retour, Ka'al ? lui demanda Anavar.

Ka'al soupira. Tout le monde posait cette question, comme si on était déçu de le revoir.

— Oui, déjà de retour. Puis-je lui parler seul à seul, Phaïno ?

— Oui, bien sûr, répondit le roi salamandre en pointant la salle où ils avaient discuté plus tôt.

Ka'al et Anavar s'y rendirent et refermèrent la porte derrière eux. Le père pivota vers Anavar et le considéra d'un regard dur.

— Depuis quand m'appelles-tu Ka'al, Anavar ?

– Depuis que vous m'avez trahi ! répondit le garçon sans fléchir.

– Anavar, on a déjà discuté de ça !

– Pas de ce qui adviendra de l'élément terre en exterminant la lignée royale !

– Bon, Phaïno a encore trop parlé !

– Comment voulez-vous avoir la force de l'union terre-feu si vous anéantissez l'élément terre ?

– Oh ! Anavar, oublie la terre, pense au feu !

– Comment pouvez-vous vous débarrasser ainsi de la race naga ? N'avez-vous pas honte ?

Ka'al se raidit, et mû par une colère intense, il foudroya son fils du regard.

– As-tu oublié à qui tu t'adresses, jeune homme ? Sais-tu que ton ingratitude peut te coûter cher ? lui cracha-t-il au visage.

Ce dernier fut parcouru d'un frisson qui le fit se sentir comme un tout petit garçon.

– Après tout ce que j'ai fait pour toi, continua Ka'al, voyant l'effet qu'il avait réussi à produire sur Anavar. Je t'ai élevé sous ma protection, cachant ta nature, dont le roi naga se serait méfié ! On aurait pu exiger ta mort ! Tu as reçu nombre de privilèges que mes autres fils n'ont jamais pu avoir. Je t'ai transmis mon savoir, j'ai fait en sorte que tu deviennes le jeune homme que tu es aujourd'hui, et toi, tu te retournes contre moi ? C'est ainsi que tu me gratifies ?

— Non, père, balbutia Anavar en baissant les yeux, soudain honteux.

— J'espère bien que non ! Tu m'entends ?

— Oui, père.

— Je t'ai dit qu'ils étaient « comme » ta famille, Anavar. Je reste ton père, compris ?

— Oui.

— Maintenant, le processus sera entamé par Phaïno et nous dominerons la Terre, toi et moi. Alors, tiens-toi prêt, je ne tolérerai aucun faux pas ! Est-ce clair ?

— Oui.

— Bien ! Maintenant, je pars.

Ka'al sortit de la salle et partit. Anavar resta figé. Il avait le goût de crier, le feu lui consumait le peu de sang qui lui restait dans les veines.

— Je le déteste ! murmura-t-il.

Il s'enflamma, furieux.

Pendant ce temps, Phaïno discutait avec Vesta, dans une autre salle. Il lui expliquait combien il était important qu'Anavar maîtrise son feu au plus vite.

— J'ai des choses très importantes à faire avant d'être trop faible, Vesta. Accomplir ces choses épuisera mes dernières forces.

— Mon oncle, pourquoi n'attendez-vous pas qu'Anavar soit prêt et qu'il vous aide ?

— C'est compliqué, ma grande.

— Phaïno ?

— Je ne peux pas t'en parler. Anavar est parfait et mon but sera atteint.

— À quel prix ?

— Effectivement, le prix est élevé, mais cela ne concerne que moi.

— Et Ka'al…

— Mes options étaient limitées, Vesta.

— C'est injuste !

— Mais non, c'est la vie !

Phaïno la laissa sur cette pensée. Il préférait ne pas songer à tout ce que coûterait cette entente avec le vieux naga, non seulement pour lui, mais pour bien d'autres êtres. Vesta le regarda s'éloigner ; il avait la mine basse. Elle avait l'impression que la rage lui coulait dans les veines. Sa flamme indigo s'intensifia dans son sternum, la saoulant de chaleur.

uan avait été recueilli par un frère et une sœur nagas. Ceux-ci se rendaient souvent à l'est du royaume du Gouffre pour cueillir des escargots, afin de les vendre au marché du château, une fois par semaine. C'étaient eux que Juan avait interpellés avant de tomber sans connaissance. Les deux nagas avaient sursauté en voyant la physionomie de cet être étrange qui s'était adressé à eux dans une langue inconnue.

— Qu'est-ce que c'est ? avait demandé Ayla à son frère.

— Je n'en sais rien.

— Il a l'air en piètre état, avait ajouté la jeune naga, intriguée, en lui caressant la chevelure.

— Ayla ! Ne le touche pas trop, il est peut-être plein de microbes, avait dit son frère.

— Ne sois pas ridicule, Taraj. Moi, je le trouve plutôt mignon.

Ils l'avaient ramené chez eux, dans leur brouette. Ayla avait soigné ses blessures et son frère lui avait préparé une portion de liqueur d'escargot, moins revigorante que celle de Phaïno. En s'éveillant, Juan avait trouvé qu'il avait un goût amer dans la bouche.

Ses hôtes avaient tenté de comprendre le charabia qui sortait de sa bouche. Juan, voyant qu'ils étaient de bonne foi, avait tenté de les remercier et de s'informer au sujet de Fabian ou d'Éva. Mais ils lui souriaient en répondant dans une langue gutturale qu'il n'arrivait pas à comprendre. Il avait trouvé que la physionomie de ses sauveurs ne ressemblait pas exactement à celle de Fabian, qu'il avait entrevue pendant quelques minutes avant qu'il ne plonge dans les profondeurs de l'océan à la poursuite des ravisseurs d'Éva.

Maintenant, Juan se sentait mieux. Il tenta d'expliquer à ses hôtes qu'il avait besoin de papier et d'un crayon pour se faire comprendre en images. La jeune naga, qui le regardait toujours avec de beaux yeux, se leva brusquement, comprenant ce que leur visiteur demandait. Elle revint auprès de lui avec un étrange papier et des craies colorées. Juan lui sourit, de son sourire charismatique, qui s'était temporairement éclipsé depuis les derniers événements troublants de sa vie. Il crut voir la jeune naga rougir. Un peu gêné de ses talents de dessinateur, il entama un dessin de Fabian, d'Éva, de lui et de la Terre. Il prit bien soin de dessiner Éva avec les particularités ondines qu'il avait vues sur les photos de sa mère et de mettre des couleurs aux écailles de Fabian. Puis, il montra son dessin à ses hôtes ; il leur expliqua :

– Ça, c'est moi, dit-il en se pointant. Juan, ajouta-t-il. Puis, il pointa le continent sud-américain sur la Terre. Je viens d'ici.

Ses deux interlocuteurs hochèrent la tête et tentèrent de prononcer son nom.

— Oui, oui ! C'est ça !

— Ayla, Taraj, expliqua la jeune naga en se pointant elle et son frère.

Juan répéta leur nom et ils hochèrent la tête. Puis, il pointa l'océan Atlantique pour montrer qu'eux venaient de cet endroit. Le jeune homme fut satisfait, ils commençaient à communiquer. Juan poursuivit sur cette lancée. Il pointa l'image d'Éva et dit son nom. Les nagas répétèrent le nom en hochant la tête. Puis, Juan passa à l'image de Fabian. Les jeunes nagas la fixèrent avec attention.

— Fabian, dit Juan.

Ayla regarda en détail le dessin, puis en prenant deux craies de couleurs, l'une grise, l'autre jaune, elle les tendit d'une main à Juan, et de l'autre, elle pointa ses yeux, puis les craies, puis l'image de Fabian. Juan comprit qu'elle voulait savoir la couleur des yeux du naga sur le dessin. Il considéra ses iris et ceux de son frère ; ils étaient jaunes. Il en conclut que c'était probablement une particularité importante. Il tendit doucement sa main vers les craies et prit sans hésiter la grise. La main d'Ayla trembla, les traits de son frère se figèrent d'effroi et Juan coloria de gris les yeux de Fabian en répétant son nom.

— Fabian !

– Ra'bia, s'exclama Ayla en secouant la tête de gauche à droite et en pointant le dessin.

– Ra'bia ? demanda Juan.

La jeune naga hocha la tête de haut en bas, les yeux écarquillés.

– Bon, Ra'bia, ajouta Juan.

Il se dit que ce devait être le nom naga de Fabian.

– Juan, recommença le jeune homme en se pointant, cherche Éva et Ra'bia. En disant le verbe *chercher*, il mit sa main en visière et fit mine de scruter l'horizon de droite à gauche. Il pointa de nouveau l'image de ses deux amis. Il fit un cercle de sa main en montrant l'endroit où ils étaient. Juan cherche Éva et Ra'bia, ici, répéta-t-il.

Le frère et la sœur nagas se regardèrent.

– Je crois qu'il cherche ces deux personnes, dit Taraj.

– Mais tu réalises qu'il parle du prince Ra'bia ?

Juan reconnut le nom de Fabian, il acquiesça de la tête.

– Oui, répondit Taraj à sa sœur. Et la fille, c'est l'ondine dont je t'ai parlé, celle que des soldats de Ka'al avaient ramenée de la surface.

– Mais le prince n'était-il pas mort ?

— Selon Ka'al ! Entre nous deux, Ayla, y a-t-il une seule vérité sortie de sa bouche depuis la mort du roi ?

— Et la malédiction ?

— Exactement.

Juan les regardait se parler, souhaitant qu'ils lui donnent des nouvelles de ses amis.

— Tu crois qu'il a inventé cette malédiction parce qu'il savait que le prince pouvait revenir ?

— Ils n'ont jamais trouvé le corps du jeune prince...

— Et lui, dans tout ça ? demanda Ayla en parlant de Juan.

— C'est un humain, je crois.

— Pourquoi connaît-il le prince ? Et pourquoi est-il venu jusqu'ici, pour le chercher ?

— Je n'en ai aucune idée ! Mais j'ai l'impression qu'il n'a pas tort au sujet du prince.

— Que veux-tu dire ?

— Mon ami Saka m'a dit hier que les temps allaient changer. Je lui ai demandé pourquoi, mais il m'a répondu qu'il ne pouvait pas me dire pourquoi exactement, mais que le règne maudit de Ka'al tirait à sa fin.

— Tu crois qu'il parlait du retour du prince ?

– Je vais aller le voir et le lui demander. Essaie d'expliquer à l'humain que la fille est dans les donjons, mais que nous ne savons rien en ce qui concerne Ra'bia.

– Tu crois que c'est un ami ?

– Je crois que tu connais déjà la réponse à cette question ; tu rougis chaque fois qu'il sourit.

Ayla se cacha le visage et gronda son frère pour cette remarque. Juan regardait la scène, intrigué. Il attendait patiemment que ses hôtes communiquent avec lui. Il vit le jeune naga partir ; Ayla prit un nouveau papier et une craie pour lui expliquer ce qui se passait. Elle se débrouilla assez bien pour qu'il comprenne qu'Éva était prisonnière. Elle lui dessina le roi et la reine, avec les yeux et les écailles, comme Fabian, et elle ajouta une couronne sur leur tête. Elle fit comprendre à Juan qu'ils étaient morts et que Fabian était le prince. Elle lui fit comprendre aussi que le nouveau souverain était vilain. Elle le dessina avec un visage fâché, qui fit rire Juan aux éclats. Ayla lui sourit, amusée par son délicieux rire. Juan était soulagé d'être tombé sur des êtres gentils, même si le regard de la jeune naga le gênait énormément ; il y a des langages qui sont universels. Un peu timidement, Ayla frôla la cicatrice sur son torse avec un regard interrogateur, comme si elle avait voulu savoir d'où elle provenait. Ce fut Juan qui rougit, cette fois-ci, en couvrant son torse de son avant-bras.

Taraj, pour sa part, s'était fait dire par la petite amie de Saka que celui-ci était parti subitement ; elle ne savait ni où ni pourquoi.

— Va demander à Rama, moi je ne sais rien, lui avait-elle lancé.

Il alla chez Rama, pour n'y trouver que Somala. Elle le fit entrer en lui annonçant que son conjoint était parti.

— Puis-je savoir où, Somala ?

— Il est mieux que tu ne saches pas, Taraj.

— D'accord. Mon ami, lui, savez-vous où il est ?

— Le jeune Saka ? Je ne peux pas te le dire non plus, Taraj.

Taraj regarda longuement la vieille naga avec respect.

— Écoutez, Somala. Nous avons un visiteur particulier, Ayla et moi. Il cherche une ondine que je sais prisonnière au château. Mais il semblerait qu'il cherche aussi quelqu'un de fort spécial pour nous, les nagas, quelqu'un qu'on croyait mort. Voyez-vous, cette personne a fait un long chemin…

— Est-ce un humain ?

— Oui.

— Alors, dites-lui qu'il peut s'en retourner tranquille. Ceux qu'il cherche sont retournés d'où ils sont venus.

Taraj la regarda avec surprise.

– Ai-je bien compris ? Le règne infernal de ce vieux fou tire à sa fin ?

– Patience, jeune naga.

– L'avez-vous vu en chair et en os ?

– Oui !

– Que le grand Vishnou soit loué ! s'exclama Taraj, heureux. Saka est-il en danger ?

– Il est préférable qu'il reste où il est pour l'instant.

– Merci, Somala. Je vais faire le message à l'humain.

La nuit tombait dans le Gouffre. Taraj pressa le pas pour retourner chez lui. Il croisa des gardes de Ka'al. Il tenta de rester calme quand ils lui demandèrent s'il était bien Taraj, l'ami de Saka.

– Oui, c'est bien moi !

– Nous cherchons Saka, savez-vous où il est ?

– Non, répondit Taraj. Il n'est pas chez lui ? demanda-t-il.

– Non, mais il est recherché pour trahison ; malheur à qui le cache !

– Saka? Un traître ? laissa échapper Taraj, furieux.

Le garde supérieur le dévisagea avec malice.

– Vous doutez de nos affirmations ? Peut-être avez-vous besoin d'une bonne leçon ?

Taraj soupira ; Saka n'était pas un traître.

– Non, je ne doute de rien.

– Vous allez quand même y réfléchir une nuit dans le fond d'un cachot, reprit le garde en faisant signe aux autres de le prendre.

Taraj était découragé, pensant au mauvais sang que sa sœur se ferait à son sujet.

Ayla et Juan, eux, avaient continué de communiquer par images et un peu par gestes aussi, faisant ainsi connaissance. Ayla avait convié Juan à un repas naga, qu'il avait accepté, mais qu'il avait plus ou moins apprécié. Ce qu'il désirait le plus, c'était un bon verre d'eau, mais celle que la jeune naga lui avait servie était imbuvable. Après quelque temps, Ayla commença à s'inquiéter de l'absence de son frère. La nuit était tombée et il n'était toujours pas revenu. Juan remarqua qu'elle s'inquiétait. Il lui demanda en gesticulant ce qui se passait.

– Taraj, répondit-elle.

Puis, elle fit signe à Juan qu'il était temps de dormir, même si elle ne fermerait pas les yeux de la nuit. Juan avait encore besoin de repos, il se coucha en lui disant de ne pas s'en faire, même si elle ne comprenait pas ce qu'il disait. Son sourire suffisait tellement il était apaisant.

Le lendemain matin, Juan se réveilla seul dans la demeure. Peu de temps après, Ayla revint, fort bouleversée. Elle avait parlé avec l'amie de Saka qui lui avait dit avoir vu Taraj, mais qu'elle l'avait redirigé chez Rama. Les gardes de Ka'al étaient passés après son frère, cherchant Saka pour l'emprisonner. Ils menaçaient d'emprisonner tous ceux qui oseraient le cacher. Juan l'interrogea sur Taraj et Ayla se mit à pleurer. Le jeune homme soupira, inquiet. Il prit le dessin de son hôtesse, où elle y avait représenté Éva derrière des barreaux et il le montra à la jeune Ayla en disant *Taraj*.

Elle sanglota davantage.

irik avait téléphoné à Georges pour l'implorer de l'aider à libérer sa fille. Celui-ci avait demandé au jeune Islandais, exaspéré, s'il était certain de ce qu'il avançait au sujet des agents américains.

— L'enlèvement d'enfant, c'est du sérieux, s'était-il exclamé à l'autre bout du fil.

Il lui fallait des preuves tangibles, et pas seulement des suppositions. Mais constatant jusqu'à quel point son collègue était accablé, il avait raccroché après lui avoir assuré qu'il ferait son possible. Peu de temps après cet appel, Richard téléphona à Eirik, de l'université. Lui aussi semblait nerveux. En fait, il avait tenté de joindre le jeune scientifique depuis les premiers signes d'éveil du Sneffel, lui laissant un bon nombre de messages téléphoniques et il s'était même rendu chez lui, mais en vain.

— Eirik ! Pour l'amour du ciel, ça fait des jours que je te cherche, s'était-il écrié. Un volcan éteint se réveille dans ta propre ville, à quelques kilomètres de chez toi, et toi, le meilleur volcanologue de la planète, tu restes introuvable ! avait ajouté Richard.

Eirik l'avait mis au courant de la nouvelle disparition de sa fille, qu'il croyait avoir été enlevée, laissant le doyen de la faculté estomaqué par cette histoire abracadabrante, que le jeune scientifique balbutiait avec difficulté. Pour sa part, Richard lui avait expliqué que nombre de spécialistes du monde entier se penchaient sur l'éveil du Sneffel et il lui demandait de venir les rejoindre à l'université de Reykjavik. Constatant qu'Eirik était réticent, Richard lui promit qu'il tenterait de joindre des gens haut placés au sein de l'armée américaine afin de venir en aide à Éva. Fabianna avait incité Eirik à accepter l'invitation de Richard, afin qu'il puisse dénoncer, une fois pour toutes, les malveillantes actions militaires.

– Tu ne peux rien faire de plus ici pour Éva, lui avait dit Fabianna. Je suis certaine qu'avec Georges et le doyen de la faculté, il se passera quelque chose pour ta fille, avait-elle ajouté pour le rassurer.

Ils partirent donc. Ils laissèrent un message écrit à l'intention d'Éva, au cas où elle reviendrait à la maison. Eirik apporta son téléphone portable et ils se rendirent sur le campus.

En Alaska, Fabian s'était éveillé plus tôt qu'Éva, moins éprouvé qu'elle par les sédatifs. Ils avaient tous les deux été déposés sur des lits dans une salle fermée à clé. Fabian tentait de réveiller Éva lorsqu'on vint les voir. Il ne savait pas où ils avaient été amenés, mais il se doutait bien qui l'avait fait. Il regardait, mécontent, les deux soldats armés qui venaient d'entrer dans la salle. Fabian aurait eu l'avantage s'ils n'avaient pas été armés, car les nagas étaient physiquement supérieurs aux humains. Mais lui-même était plutôt docile, comme c'était le cas de la plupart des nagas, une race moins violente que les humains. Les soldats lui signifièrent que leur supérieur voulait lui parler.

– Je reste auprès d'Éva, avait répondu le jeune garçon.

Ce qui fit bien sourire les soldats, qui rétorquèrent qu'il n'arriverait rien à sa petite amie. L'un d'eux ajouta que ce n'était sûrement pas avec ses frêles muscles qu'il arriverait à la protéger.

– Peu importe, je veux être là quand elle se réveillera, c'est pour votre bien et non pas pour le sien. Et ce n'est pas ma « petite » amie, ajouta Fabian.

L'un des soldats s'esclaffa et l'autre secoua la tête de gauche à droite, insinuant que le jeune garçon était fêlé. Mais ils l'obligèrent à les suivre malgré cet avertissement. Fabian supplia le colonel John North de le laisser retourner auprès de la jeune fille.

– C'est moi qui fais les demandes, ici, jeune homme ; assoyez-vous.

Le colonel lui fit entendre l'enregistrement de la conversation des deux adolescents dans la maison d'Éva en Islande. Fabian écouta sans mot dire.

— C'est quoi, cette histoire de chant et d'arme ? demanda directement le colonel en regardant l'étrange adolescent devant lui.

— C'est justement cela, une histoire !

— Jeune homme, je n'ai pas beaucoup de patience.

— Ce n'est pas mon problème !

— Justement, oui, car quand je perds patience, c'est le premier venu qui écope !

— Si torturer des adolescents vous amuse…

— Ça suffit ! s'écria le colonel en se levant et en s'approchant de Fabian. Je ne suis pas l'un de vos professeurs, je traite avec des soldats et aucun ne s'adresse à moi de la sorte. Vous tenez vraiment à ce que je vous donne une leçon de respect ?

— Le respect s'obtient par le respect !

— Peut-être que votre petite amie sera plus respectueuse.

— On n'a qu'à attendre qu'elle s'éveille et qu'elle découvre qu'elle n'est plus dans sa maison, et qu'elle a été conduite ici contre son gré !

Fabian commençait à croire qu'ils n'auraient que ce qu'ils méritaient.

Comme de fait, Éva s'éveillait. La jeune fille fit le tour de la salle des yeux. Aucune trace de Fabian. Elle alla à la porte et constata qu'elle était prisonnière. Elle commença à paniquer et la colère s'empara d'elle.

Dans l'autre salle, Fabian regardait le colonel, tombé à genoux, se tenant les oreilles des deux mains. Fabian s'approcha de lui et murmura :

— Si vous voulez qu'elle arrête, il vaudrait mieux me laisser la rejoindre.

Le colonel le regarda, suppliant. Fabian se dirigea vers la porte et sortit, au grand étonnement des deux soldats qui se tenaient également les oreilles. Il marcha jusqu'à la salle d'Éva et la conjura, au travers de la porte, d'arrêter de crier. Ce qu'elle fit instantanément en entendant la voix de son ami.

Le colonel et les deux soldats arrivèrent au pas de course. Ils ouvrirent la porte, et à la surprise de Fabian, administrèrent à Éva, sans attendre une seconde, un autre sédatif. Fabian, pris au dépourvu, devint furieux. Il décocha un coup violent dans le visage du soldat qui injectait le calmant à Éva. Celle-ci tomba endormie dans les bras de l'autre soldat. Le colonel dégaina une arme et la pointa sur la tempe de Fabian, qui s'immobilisa. Le soldat, amoché par le coup de l'adolescent, le regardait avec hargne en pointant également son arme sur lui.

— Qu'est-ce que vous êtes, au juste, vous deux ? lança le colonel, apeuré.

Fabian soupira en guise de réponse. À ce moment-là arriva un sergent ; comme tous les autres, il avait les oreilles ensanglantées par l'horrible cri d'Éva. Il déclara à son colonel qu'il y avait urgence.

— Que se passe-t-il, sergent ?

— Des volcans, mon colonel, il y en a trois sur la dorsale médio-atlantique qui sont en activité intense. Ils menacent d'exploser !

— Quoi ? Qui a fait cela ?

— Vous devez venir, mon colonel.

— D'accord. Soldat, rendormez cet adolescent, je n'ai pas le temps de jouer à la gardienne ! lança-t-il avant de s'éclipser.

* * *

Pendant ce temps, Eirik et Fabianna avaient expliqué aux divers spécialistes réunis les théories du rayon de la mort et le lien entre les épisodes du Sneffel et la catastrophe des îles Galápagos. Les scientifiques les écoutèrent attentivement. Certains étaient incrédules, d'autres semblaient déjà au courant de ces théories, d'autres encore s'offusquèrent. Les discussions allaient bon train sur le sujet lorsqu'un scientifique arriva en trombe dans la salle en s'exclamant :

– Nous avons de sérieux problèmes ! Regardez les données des dernières heures, c'est gros, c'est vraiment gros !

Le groupe de scientifiques se pencha sur les documents que le jeune homme tenait.

– C'est impossible, ils n'oseraient pas ! s'exclama Eirik.

Puis, les autres réagirent de la même façon. Richard, qui n'était pas en mesure de déchiffrer les données, demanda à Eirik de lui expliquer de quoi il s'agissait.

– Tu vois, ces trois points, sur la carte, Richard ? Ce sont des points chauds volcaniques. Regarde, les trois longent la dorsale médio-atlantique.

– Et alors ?

– Ils sont, selon les images prises aujourd'hui, en activité croissante.

– Eirik ? Sois plus clair, je t'en prie.

– Richard, ce n'est pas bon, vraiment pas bon, répondit simplement Eirik, qui resta songeur.

Les autres scientifiques le regardaient ; Eirik était celui qui pouvait le mieux anticiper la suite des événements, et ils étaient curieux d'entendre les réflexions que lui inspirait cette intense et inhabituelle activité volcanique.

Le téléphone portable d'Eirik sonna, ce qui le fit sursauter.

– Oui ?

– Monsieur Adamsson ? C'est le colonel John North. Nous avons votre fille.

– Vous ! Vous allez me la rendre tout de suite ! cracha Eirik.

– Il y a un problème, monsieur Adamsson. Vous devez cesser immédiatement vos activités sur la dorsale médio-atlantique !

– Quoi ? Vous êtes cinglé ? Vous allez nous faire croire que ce n'est pas vous ?

– Nous n'avons rien à voir avec ces volcans en activité. C'est un danger imminent, vous *devez* nous dire qui est responsable.

– Nous étions certains que c'était vous !

– Alors, c'est très grave, car le temps presse et nous ignorons qui est l'ennemi. Est-il vrai que votre fille peut faire quelque chose ?

– Pas si elle est au fin fond de l'Alaska ! Laissez-moi lui parler, mon colonel.

– Elle dort !

– Réveillez-la ; je n'ai pas entendu sa voix depuis plusieurs jours, lança Eirik, les larmes aux yeux.

– Eh bien moi, je me passerais bien de l'entendre pour des années, sa voix ! Venez nous rejoindre, monsieur Adamsson.

— Non, c'est vous qui allez venir nous rejoindre ici, à l'université de Reykjavik. Et vous allez me ramener ma fille. Si elle peut faire quelque chose, c'est à partir d'ici. Est-ce clair ? Prenez l'avion le plus rapide de votre foutue armée et rendez-moi mon enfant.

— Une dernière chose, monsieur Adamsson. Avez-vous une idée de l'ampleur d'une telle catastrophe ?

— Ça s'annonce bien mal pour la côte est américaine. Si ce n'est pour tout le continent, jusqu'à l'ouest !

— Que voulez-vous dire ?

— Les trois volcans en activité pourraient, en crachant leurs entrailles, faire émerger de l'océan la dorsale complète, provoquant des raz-de-marée énormes de part et d'autre de cette immense chaîne de montagne océanique, causant des inondations temporaires, mais considérables.

— Quoi ?

— L'océan Atlantique se déverserait sur l'Amérique, l'Europe et l'Afrique. La nouvelle chaîne de montagne ainsi créée prendrait de la place, colonel ! Des millions de morts !

Eirik entendit le colonel respirer difficilement à l'autre bout du fil.

— Colonel North ?

— Nous arrivons avec votre fille, monsieur Adamsson, ajouta le colonel avant de raccrocher.

Eirik rangea son téléphone portable dans sa poche. Les scientifiques, abasourdis par ce qu'ils venaient d'entendre restaient muets.

— C'est vraiment mes prévisions, leur dit Eirik.

Richard se laissa tomber sur sa chaise, découragé. Fabianna regarda Eirik, avec un air interrogateur.

— Ils ont vraiment Éva ?

— Oui, ce salaud va me le payer, marmonna Eirik, furieux.

— Comment va-t-elle ?

— Elle dort, semble-t-il.

— Et c'est Juan qui était avec elle lorsqu'ils l'ont enlevée ?

— Ah ! Je ne sais pas, il ne m'a rien dit. Il dit qu'il n'est pas responsable des volcans qui se réveillent dans l'Atlantique.

— Tu le crois ?

— Compte tenu de l'ampleur possible des dégâts sur les États-Unis, c'est fort probable qu'il dise vrai.

— Tu crois qu'Éva…

— Je ne sais pas, Fabianna, peut-être qu'elle peut arrêter cela, mais tout ce que je veux, c'est qu'ils me la ramènent.

— Je comprends, Eirik, lui dit-elle en soupirant.

CHAPITRE XII

Juan tentait de faire comprendre à Ayla qu'il désirait aller à la recherche de Taraj, qui n'était toujours pas revenu. Elle secouait vigoureusement la tête pour montrer qu'elle était en désaccord. Juan lui prit la main en la regardant profondément dans les yeux. La jeune naga sentit un frisson lui parcourir le dos. Il lui sourit sincèrement et lui fit comprendre qu'il devait aider son frère.

— Je comprends que tu te sentes responsable, mon beau Juan, se dit-elle. Mais tu ne pourras pas faire grand-chose contre les gardes de Ka'al.

Juan insista et lui tendit une craie et une feuille en lui faisant des signes. Il lui fit comprendre qu'il voulait une carte pour se rendre aux cachots. Ayla le fixa à son tour et secoua la tête. Elle irait avec lui.

— Non, Ayla, lança Juan.

— Oui, Juan, répondit-elle, prononçant les deux seuls mots qu'elle avait appris du langage de l'humain depuis son arrivée.

Juan soupira, mais réalisa qu'elle était décidée. Il s'informa concernant les armes des gardes et apprit qu'ils étaient munis d'épées. Il demanda à Ayla s'il y avait de telles armes dans la maison. Elle lui fit comprendre qu'ils ne possédaient que des couteaux de cuisine. Juan, déçu, en prit un puis l'inséra entre sa ceinture et son pantalon, derrière son dos. Ayla le regarda, étonnée. Il lui fit signe qu'il était temps de partir. La nuit tombait dans le Gouffre et ils réussirent à se rendre jusqu'au château sans croiser personne. Arrivés aux donjons, ils aperçurent un garde à l'entrée du couloir menant aux cellules. Ayla fit signe à Juan qu'elle irait lui parler, et pendant ce temps, il pourrait les suivre jusqu'à l'endroit où était détenu Taraj. Elle s'avança donc jusqu'au soldat et Juan resta caché derrière, observant la scène.

– Halte là ! Que faites-vous ici, jeune dame ?

– Je cherche mon frère, Taraj. Il a disparu la nuit dernière.

– Et pourquoi le cherchez-vous ici ?

– J'ai su que son ami était recherché. Mon frère n'a rien fait, mais j'ai peur qu'il ait été arrêté injustement à cause de ses connaissances.

– Il n'est pas bon d'avoir de mauvaises fréquentations. Si votre frère est ici, ce n'est sûrement pas injustement !

– Je veux voir s'il est ici ; sinon, je le chercherai ailleurs, car je me fais bien du souci, il est si jeune, dit en pleurnichant Ayla.

— Ne pleurez pas, jeune dame, dit le garde ému.

— Je suis tellement inquiète, continua Ayla, voyant que son attitude attendrissait le soldat.

— Bon, d'accord, suivez-moi, et si vous le voyez, je vous laisse lui parler deux minutes, pas plus.

— Oh merci ! Vous êtes si gentil, répondit Ayla en essuyant ses larmes.

Le garde lui sourit, enorgueilli. Il lui indiqua d'avancer dans le corridor et Ayla lança un dernier regard vers Juan. Ce dernier s'approcha lorsqu'il les vit partir. Il les suivit discrètement jusqu'à ce qu'ils empruntent un autre couloir. Il resta derrière et les vit s'arrêter devant une cellule. Il entendit la jeune naga prononcer d'une voix désespérée le nom de son frère, puis il se cacha dans un autre couloir pour attendre le retour du garde à l'extérieur. Ayla pleurait ; son frère l'implora de ne pas s'en faire et de retourner à la maison. Ayla partit avec le garde. Elle se retourna une dernière fois, encore en pleurs, afin d'émouvoir davantage le garde et lança :

— Taraj, Juan...

Le garde ne porta pas attention à ces paroles, mais Taraj, lui, fut intrigué. Après leur départ, Juan apparut devant la cellule du jeune naga. Taraj, surpris, le regarda gesticuler devant lui. Il comprit que l'humain voulait le libérer. Il lui fit signe à son tour de partir. Il savait que les gardes avaient l'intention de le garder une seule nuit. Mais Juan ne comprenait pas pourquoi le jeune naga ne voulait pas qu'il l'aide et croyait vraiment que c'était son devoir de le libérer. Il regarda la serrure de la cellule et tenta de la briser avec son couteau, mais en vain. Taraj murmura *Juan* en entendant quelqu'un s'approcher d'eux. Le jeune homme courut se cacher. Le même garde arriva, accompagné de Ka'al, qui arrivait à peine de son voyage au royaume de la salamandre. Ils s'arrêtèrent devant Taraj.

— Nous avons trouvé ce jeune naga flânant en pleine nuit. C'est un ami de Saka, celui qui avait attaqué les gardes, il y a quelques jours.

— Je vois. Comment te nommes-tu ? demanda Ka'al au prisonnier.

— Taraj.

— Que sais-tu de ton ami Saka ?

— Je sais juste qu'il a disparu et que sa petite amie est morte d'inquiétude, répondit Taraj.

— Il ne t'a pas dit où il allait ?

— Non, je ne l'ai pas vu depuis bien des jours.

— Bon, tu peux retourner chez toi et ne traîne pas la nuit ; la nuit est faite pour dormir, jeune naga.

— Oui, grand Ka'al !

Le garde déverrouilla la porte et fit sortir Taraj. Ce dernier jeta un regard derrière, inquiet du sort de

Juan qui était venu le sauver, mais le garde lui fit signe de sortir immédiatement. Sans discuter, Taraj sortit et trouva Ayla près de là, attendant avec inquiétude la venue de son frère et de Juan. Ka'al et le garde étaient restés devant la cellule vide de Taraj. Ils discutaient.

– C'est bien, garde ! Continuez comme cela et vous réussirez à trouver les traîtres, dit Ka'al, complètement désintéressé.

En fait, la capture de ceux qui avaient libéré Éva le laissait indifférent. C'était juste un prétexte pour tenir ses gardes occupés. Il s'apprêtait à quitter les lieux lorsque quelque chose retint son attention. C'était une odeur, une odeur que lui, Ka'al, connaissait fort bien. L'odeur de la sueur humaine. Mais comment était-ce possible qu'un humain descende jusque-là ? Il regarda en direction de l'endroit d'où provenait cette odeur qui lui répugnait et murmura à son garde qu'ils n'étaient pas seuls, en pointant l'endroit où était blotti le jeune Équatorien. Le garde sortit son épée et voulut surprendre l'intrus, mais c'est lui qui le fut en voyant un humain pour la première fois.

– Halte ! Ah, qu'est-ce que c'est que cela ?

Ka'al fit un sourire mesquin et alla rejoindre son garde pour voir l'humain qui avait osé pénétrer dans son royaume. Juan restait figé devant le garde, l'arme pointée sur lui. L'idée de se défendre avec son petit couteau de cuisine ne lui effleura même pas l'esprit.

Ka'al leva les yeux sur lui et resta figé à son tour devant l'humain torse nu. Il ordonna à son garde d'enfermer cet ennemi dans une cellule, puis lui demanda d'aller chercher son supérieur. Le garde lui obéit. Ka'al resta devant le prisonnier en flattant sa barbe blanche. Juan le regarda sans fléchir. Puis, à son grand étonnement, le vieux naga lui parla en espagnol.

— Comment te nommes-tu, humain ? Tu dois bien parler l'espagnol, si je me fie à ta physionomie, n'est-ce pas ?

— Oui, répondit Juan surpris. Je m'appelle Juan. Comment se fait-il que vous parliez ma langue ?

— Oh, j'en sais des choses, jeune homme !

— Vous êtes Ka'al ?

— Oui. On vous a parlé de moi ? En bien, je l'espère ?

Juan ne répondit pas.

— Comment dit-on sur Terre ? « Celui qui ne dit rien consent... »

Juan resta muet. Ka'al se mit à rire.

— Bien, je vois ! Dis-moi, Juan, tu as toute une cicatrice à la poitrine.

— Et alors ?

— Et alors, elle m'intrigue. Ça et le fait que tu te sois rendu jusqu'ici, au royaume naga.

– Je suis descendu par le Sneffel.

– Le Sneffel ? Tiens donc... Et comment as-tu trouvé l'entrée de notre monde ?

– Je l'ai tout simplement vue.

– De tes petits yeux d'humain ?

– Oui !

– Et moi, comment me vois-tu ?

– Je ne comprends pas.

– Tu vois que je ne suis pas humain ?

– Oui.

– C'est assez particulier ! répondit Ka'al en caressant sa barbe de nouveau.

– Je ne devrais pas voir vos écailles de serpent ?

– En principe, non. Pas plus que l'entrée de notre monde. Ce qui me ramène à ta cicatrice.

– Je l'ai depuis que je suis tout petit et je ne sais rien à ce propos.

– Dolores[2] !

– Vous voulez savoir si elle fait mal ?

– Non, Dolores est le nom de votre mère, je me trompe ?

– Non, vous ne vous trompez pas !

---

[2] Dolores signifie « douleurs ».

Ka'al fixa Juan longuement de la tête au pied avec mépris.

— Remonte le bord de tes pantalons, lui ordonna-t-il.

Juan, pris au dépourvu, lui obéit. Ka'al semblait furieux et Juan ne comprenait pas pourquoi.

— Tu as les yeux, la langue et les jambes d'un humain…

— Bien oui, je suis humain…

— Tu crois vraiment ?

Juan commençait à perdre patience.

— Gaëlle ! cria Ka'al, prenant encore le jeune homme par surprise. Tu t'es encore fourré le nez où il ne fallait pas ! ajouta-t-il en levant les yeux vers le haut.

— Vous êtes cinglé ou quoi ? lança Juan, exaspéré.

— Ha, ha, ha ! Elle m'a bien eu encore cette ange maudite ! Je vais t'apprendre ce que ta mère a préféré te cacher, jeune homme. Cette belle cicatrice que tu portes depuis ta naissance, c'est l'œuvre de ma propre main, il y a de cela une vingtaine d'années !

— Quoi ? Pourquoi ?

— Parce que je ne voulais pas d'un fils humain ; quelle horreur ! Mais Gaëlle m'a trompé plus d'une fois. Et maintenant, je vois qu'elle t'a sauvé. Cette sale créature a dû s'imaginer qu'elle devait le faire.

– Vous êtes dément ! lança Juan qui ne croyait pas un mot de ce que le vieux naga avait dit. Si j'étais votre fils, ce qui est complètement faux, j'aurais des particularités nagas.

– Les anges font bien ce qu'ils veulent des apparences physiques ! Gaëlle a voulu s'assurer qu'aucun être ne voie ta vraie nature pour que je ne sache pas que tu as survécu. Mais maintenant, tu t'es retrouvé devant moi. Ha, ha, ha ! Elle sera bien surprise, cette traîtresse !

– Ma mère n'a pas pu avoir une relation avec un être aussi abject, pas de son plein gré ! cria Juan, enragé.

– En effet ! Ce n'était pas mon intention non plus, tu sauras. Les humains sont des êtres bien trop répugnants.

– Sale monstre ! Je vous tuerai, cracha Juan, piqué par l'insulte faite à sa mère.

– C'est moi qui vais terminer ce que j'ai entamé il y a vingt ans ! répondit Ka'al en sortant son épée.

À ce moment-là, le corps de Juan s'enveloppa d'une couche de poussière d'argent. Le naga recula en regardant le phénomène qui se produisait devant ses yeux.

– Gaëlle ? demanda-t-il, inquiet.

Juan regarda ses mains entourées de cette poussière mystérieuse, puis leva le bas de ses pantalons pour y voir ses jambes recouvertes d'écailles brunes. Il porta sa main droite dans sa bouche pour toucher sa langue qu'il découvrit fourchue. Il prit le couteau de cuisine derrière son dos et regarda le reflet de ses yeux dans le métal brillant. Ils étaient jaunes.

– Non ! cria-t-il horrifié en laissant tomber l'ustensile.

Une partie de poussière d'argent déverrouilla la cellule et la porte s'ouvrit. Juan était pétrifié. Ka'al, furieux, lui cria de partir.

– Cette créature satanique te protège. Je ne peux pas te tuer, mais tu n'es pas le bienvenu ici. Va-t'en, fils maudit !

Juan partit en courant ; il pleurait de rage. Il disparut dans l'obscurité de la nuit.

esta était debout, en pleine nuit, derrière la paroi épaisse de lave refroidie que son oncle avait placée devant l'unique ouverture de la salle, où il se trouvait présentement enfermé. Elle le suppliait en pleurs de lui ouvrir. Mais Phaïno ne lui répondait pas, il était, depuis déjà quelque temps, en métamorphose. Assis en tailleur, au beau milieu de la salle, il semblait méditer, mais en fait, il respectait sa part du marché, conclu avec Ka'al lorsqu'ils avaient engendré un métis pour sauver la race salamandre. Le phénomène qu'il avait amorcé prenait tranquillement de l'ampleur, même s'il était affaibli par la maladie. Il éveillait en pensées les trois volcans de l'Atlantique, appartenant à son royaume. Tout cela pour faire surgir du fond de cet immense océan une nouvelle chaîne de montagne qui occuperait la moitié de la Terre en longitude, modifiant considérablement la face du monde. Tel était le plan du vieux naga, à qui il avait promis cet exploit pour sauver sa race. Le prix, il le trouvait énorme ; mais le désespoir rend parfois le plus valeureux des êtres influençable. Il savait que beaucoup de vies seraient perdues en raison de la création de ce nouveau continent et que la Terre entrerait dans une période de changements majeurs.

— Mon oncle, je vous en prie ! Laissez-moi entrer ! Vous n'êtes pas obligé de le faire ! criait sa nièce, exaspérée.

Phaïno l'entendait en sourdine, comme si elle était très loin. Il souffrait déjà de savoir qu'il ne la reverrait plus. Anavar fut tiré de son sommeil par les supplications de Vesta, de plus en plus fortes. L'adolescent, en flamme, se rendit jusqu'à la jeune fille.

— Que se passe-t-il, Vesta ?

La jeune salamandre se tourna brusquement vers lui en le considérant d'un regard dur. Il put sentir la hargne qui l'animait. Elle semblait lui en vouloir pour quelque chose qu'il ignorait.

— Vesta ?

— Laisse-moi, Anavar ! lui lança-t-elle sèchement.

Il fut blessé, mais respecta sa demande et fit demi-tour, s'apprêtant à partir. Mais Vesta déclara :

— C'est la faute de ton père, Anavar.

— Qu'est-ce qui est la faute de Ka'al ? demanda le garçon en se retournant vers elle.

— Mon oncle va mourir par sa faute.

— Pourquoi ?

— Car ton père lui a demandé de faire une chose atroce et trop exigeante pour ses forces.

— De quoi parles-tu ?

— Tu avais un prix, Anavar !

Il respira profondément, insulté par l'allusion de la jeune fille.

— Je n'ai rien demandé, moi, Vesta ! Toutes ces histoires ne font que m'irriter. Tu crois qu'il est plaisant pour moi d'être pris pour une marchandise troquée ?

— Tu ne l'es pas pour Phaïno. Mais ton père a exigé quelque chose en échange.

— Cesse de l'appeler *mon père* ! lança Anavar, offusqué. Il m'a trahi ; il nous a tous trahis.

— Pardonne-moi ! Je suis furieuse, je sais que tu n'y es pour rien.

— Ton oncle est là ?

— Oui.

— Que fait-il exactement ?

— Il réveille de puissants volcans.

— Que peut-on y faire, Vesta ?

— Je veux le convaincre d'arrêter avant qu'il en périsse.

— Il ne t'écoute pas ?

— Non, il ne me répond pas. Le processus qu'il a entamé le contraint à un état méditatif qui risque de consumer son feu interne et faire disparaître son corps en cendre.

— À deux, pouvons-nous déplacer la paroi ?

— Probablement pas.

Anavar la regarda, tentant de voir quelle solution elle envisageait. Dans les yeux de la jeune fille, il lut qu'elle refusait tout simplement l'inévitable réalité de la mort du dernier membre de sa famille. La rage contre Ka'al envahit de nouveau le jeune adolescent. Il sentit le feu de ses veines consumer les dernières gouttes de son sang naga, sa métamorphose était complète. Dans son cœur, il était maintenant salamandre.

— Vesta, je le vengerai !

— Quoi ?

— Phaïno est un être bon. Ka'al, c'est tout le contraire. Il veut conquérir la Terre et tous les moyens semblent être bons. Le feu qui alimente mes veines fait que je refuse ce plan machiavélique. Ton oncle a succombé aux manipulations de ce monstre parce qu'il voyait sa race s'éteindre, mais nous, nous ne devons pas nous soumettre à cette idée.

— Phaïno serait fier de toi, Anavar ! Tu es un vrai prince salamandre, la pureté du feu se voit dans ton regard ! Il te voyait vraiment comme son fils...

— Et je le prendrais volontiers comme père, Vesta.

— Que veux-tu faire pour le venger ?

— Nous allons trouver quel est le plan de Ka'al et nous allons le saboter.

— D'accord !

— Sais-tu ce que l'éveil des volcans va causer ?

— Beaucoup de dégâts sur Terre !

— Où ?

— En plein milieu de l'océan Atlantique, du nord au sud. Ce qui provoquera l'émergence des volcans hors de l'eau, avec tout ce que cela implique. Notre royaume deviendra accessible par la Terre.

— Le royaume naga également, car si la dorsale médio-atlantique s'exonde, une partie du Gouffre sortira des entrailles de la Terre.

— Probablement que Ka'al veut attaquer les humains avec ses gardes.

— Je n'en suis pas si sûr.

— Pourquoi ?

— Les nagas ne peuvent pas survivre longtemps en surface. Le soleil est trop puissant. De plus, Ka'al a tué la famille royale naga. Pourtant, Phaïno m'a appris que l'élément est maintenu par les princes héritiers et Ka'al est au courant…

— Alors, quel est son plan ?

— Je ne sais vraiment pas. Il dit qu'il veut dominer la Terre par le feu !

— Et les nagas ?

— Il les a menés à leur perte, comme le monde ondin.

— Pourquoi ?

— Je l'ignore ! Je ne suis plus certain qu'il s'agisse de domination.

— Alors quoi ?

— Peut-être veut-il détruire ?

— Mais c'est horrible.

— Nous devons contrer son plan, Vesta.

La jeune fille terrorisée se tourna vers la paroi et cria de toutes ses forces pour que son oncle l'entende. Anavar baissa les yeux, attristé par le sentiment d'impuissance de la jeune fille.

Dans le ciel, Micaëlle suivait l'avion qui menait Éva, toujours endormie, en Islande. L'ange avait mis beaucoup de temps à se rendre en Alaska, car ses particules d'argent avaient été perturbées par un phénomène dérangeant. La collectivité complète en avait souffert. Elle savait ce qui le causait ; l'ange déchu avait encore usé de ses particules argentées pour influencer le destin de quelqu'un. C'était un problème fort épineux pour les anges qui souffraient de la corruption de l'une de leur entité.

En Islande, Eirik attendait avec impatience l'arrivée d'Éva. Les dernières données montraient que les volcans étaient de plus en plus près de l'explosion. Le chercheur n'envisageait aucune solution possible ; mais il priait intérieurement que sa fille puisse vraiment faire quelque chose.

Les militaires américains arrivèrent finalement à l'université de Reykjavik.

Le général demanda qu'on les conduise à Eirik Adamsson. Des soldats tenaient Éva et Fabian menottés, escortés par la secrétaire du département. Éva était bâillonnée pour qu'elle ne crie pas. Lorsqu'ils entrèrent, Eirik fut pris de rage en voyant sa fille dans un tel état. Sans préavis, il décocha une droite bien placée au colonel et lui amocha la mâchoire. Richard, surpris par l'attitude de son collègue, le prit par l'épaule pour qu'il ne recommence pas. Les soldats pointèrent leur arme sur le jeune scientifique.

— Salaud ! Est-ce une façon de traiter des enfants ? s'écria Eirik, en furie, toujours retenu par Richard.

Fabianna s'immobilisa quand elle vit Fabian dans la salle, comme s'il s'agissait d'un fantôme. Éva, retenue par un soldat, se mit à pleurer quand elle aperçut son père dans un tel état. Elle se débattit pour se lancer dans ses bras, qu'il referma avec force sur son petit corps d'adolescente. Il sanglotait et l'embrassait à répétition, sans remarquer le phénomène qui se produisait autour d'eux, mais qui prit au dépourvu toutes les autres personnes présentes dans la salle, sauf Fabian qui y était déjà habitué. Eirik finit par voir du coin de l'œil les larmes de sa fille qui lévitaient. Il les regarda avec scepticisme. Éva les fit disparaître. Son père lui libéra la bouche. Les soldats pointèrent instantanément leur arme sur la jeune fille.

— Messieurs, soyez raisonnables. C'est une enfant ! lança Richard, outré.

— Oh papa ! Je suis tellement désolée…

— Mais non, Éva, c'est moi qui te dois des excuses…

Fabianna s'était approchée de Fabian et le touchait, incrédule. Le jeune garçon, intimidé, lui souriait.

— Tu es vraiment vivant. Dieu soit loué ! Tu as sauvé tant de gens aux îles Galápagos, même moi je te dois la vie, Fabian. Merci !

— De rien, Fabianna. Je suis content de vous revoir.

Eirik regarda le garçon avec étonnement. Tout lui paraissait impossible, mais il ne pensait qu'au retour de sa fille, encore blottie dans ses bras.

— Eh bien, Fabian, par quel miracle t'es-tu retrouvé prisonnier de ces ordures ? demanda Eirik en islandais.

— C'est une longue histoire !

— Monsieur Adamsson, le temps presse. Votre fille peut-elle rendormir les volcans ? demanda sèchement le colonel, encore offusqué par le coup de poing qu'il avait reçu.

— Éva, il y a trois volcans longeant la dorsale médio-atlantique qui sont en train de s'éveiller ; peux-tu chanter comme tu l'avais fait pour le Sneffel et ainsi tenter d'empêcher leur éruption, qui représente un grand danger pour la planète entière ? demanda Eirik à sa fille dans leur langue natale.

— Je peux, mais il n'y a pas d'ondes.

— Que veux-tu dire ?

— Les volcans ne sont pas perturbés par les ondes émises par l'arme des Américains. En ce qui concerne la catastrophe des îles, je sentais les ondes jusqu'ici. Alors, si des ondes réveillaient ces trois volcans, je serais en mesure de les sentir et Fabian aussi. Or, je ne sens rien.

— Moi non plus, ajouta Fabian.

— Alors, c'est vraiment la nature qui agit ?

— Peut-être.

— Je vais essayer, papa.

— D'accord, mon ange.

Eirik fit signe au jeune scientifique de vérifier les données des volcans afin de vérifier l'effet du chant d'Éva sur la dorsale médio-atlantique. La jeune adolescente se mit à chanter de sa mélodieuse voix d'ondine, laissant tous et chacun pantois.

Elle chanta, puis le jeune scientifique déclara que rien n'avait cessé.

— Rien ? demanda le colonel inquiet.

— Ce n'est pas une arme à haute fréquence qui a provoqué les volcans, lui répondit Éva.

— Alors, c'est quoi ?

— Nous ne le savons pas. Vos attaques ont peut-être déséquilibré la croûte terrestre de cette région. Après tout, vous avez joué avec le Sneffel, répondit Eirik.

— Mais qu'allons-nous faire ? Nous ne pouvons pas faire évacuer toute la côte est !

— C'est une catastrophe monumentale ! Vous devriez avoir honte ! s'exclama un scientifique américain à l'intention du colonel.

— Il n'y a rien qui prouve que nous sommes responsables de quoi que ce soit ! Si ça se trouve, ce sont des ennemis qui nous attaquent, affirma le colonel pour se défendre. Puis, il fit signe à ses soldats qu'il était temps de retourner au pays pour prévenir les autorités.

Ils partirent, au grand soulagement de tous. Un scientifique demanda à Eirik quels étaient les phénomènes étranges provoqués par sa fille, c'est-à-dire l'espèce de danse de larmes et le chant mystérieux.

– Elle est spéciale, ma fille ! répondit tout simplement l'Islandais.

À ce moment-là, Éva remarqua une traînée de poussière d'argent qui s'agitait devant elle.

– Micaëlle ?

L'ange lui fit signe qu'elle voulait lui parler. Éva informa son père qu'elle voulait se rendre à la maison. Eirik n'hésita pas une seconde et annonça qu'il partait avec sa fille. Éva invita Fabian à les rejoindre et Eirik fit de même en ce qui concerne Fabianna.

– Tenez-nous au courant, lança tout simplement Eirik en partant à l'intention des autres scientifiques, malgré la menace apocalyptique qui pesait sur eux.

uan s'était réfugié dans une grotte pour la nuit. Terriblement tourmenté par ce qu'il avait appris de la bouche de Ka'al, il n'avait presque pas fermé l'œil de la nuit. Le lendemain matin, il tenta de faire abstraction de sa nouvelle identité et se dit qu'il devait retourner chez Ayla et Taraj avant qu'ils ne le cherchent au château. Il avait l'air complètement désespéré quand il se présenta à leur porte. Ayla resta bouche bée. Ce fut Taraj qui lui parla en premier et qui l'invita à entrer.

— Juan ? Est-ce bien toi ?

Ce fut au tour de Juan d'être surpris. L'ange mystérieux, nommé Gaëlle, en laissant réapparaître ses particularités nagas, avait aussi fait en sorte qu'il comprenne la langue de sa race.

— Je comprends et je parle naga maintenant, répondit Juan en écarquillant les yeux.

Ayla n'était toujours pas remise de la métamorphose du jeune homme, qu'elle trouvait toujours aussi beau en naga. Taraj lui demanda ce qui s'était produit, intrigué.

— J'ai vu Ka'al. Il me connaissait. Il...

— Il a fait ça ? lança finalement Ayla en guise de premières paroles.

— Non ! Il a plutôt fait cela, répondit Juan en pointant sa cicatrice.

— Mais pourquoi ?

— Parce que c'est un monstre ! répondit Ayla.

— En effet ! Ce vieux fou n'a rien de bon dans la tête ! Il ne veut que détruire, ajouta Juan avec hargne. Je dois retourner chez moi, lança-t-il subitement.

— Mais, Juan, ça n'explique toujours pas ta nouvelle nature, lança Taraj, curieux.

— Un ange aurait caché ma nature pour que Ka'al ne me tue pas.

— Mais pourquoi ?

— Je ne sais pas vraiment, répondit-il, exaspéré. Tout ceci est bouleversant pour moi, je dois discuter avec ma mère, peut-être a-t-elle des réponses à me donner.

Ayla le regarda droit dans les yeux, peinée, puis elle vit la douleur que cette nouvelle réalité causait au jeune homme.

— Tu as de la difficulté avec ta nouvelle nature ?

— Je n'ai rien contre votre race. Je vois bien que vous êtes des êtres bons, hormis Ka'al, mais tout ceci chamboule ma vie. Je ne sais pas comment je pourrai cacher ceci à ma fiancée. Elle n'acceptera jamais mes nouvelles caractéristiques... un peu particulières pour les êtres humains.

À l'évocation d'Elena, Ayla baissa les yeux. Taraj la regarda tendrement, voyant que cette révélation l'avait heurtée. Juan sentit le malaise et s'en voulut de l'avoir blessée, mais c'était la vérité qui le préoccupait à l'instant.

— Si elle t'aime vraiment, elle t'acceptera, répondit tristement la jeune naga. Mais ce n'est pas ce qui devrait t'inquiéter, ajouta-t-elle en hésitant.

— Que veux-tu dire ? rétorqua Juan, surpris.

— Ayla ? demanda son frère.

— Les nagas ne sont pas faits pour vivre en surface. Si l'ange t'a libéré de sa protection, tu ne pourras peut-être pas survivre au soleil.

— Vraiment ? Mais Fabian, je veux dire Ra'bia, lui ?

— Les anges l'ont peut-être aidé.

— Pourquoi ?

— Parce que les anges nous aident dans les cas extrêmes et Ra'bia devait survivre, étant le dernier prince héritier naga.

— Et moi ? Elle m'a bien aidé jusqu'ici, non ?

— Oui. Peut-être qu'elle t'aidera de nouveau si tel est ton destin de rester chez les humains !

— Ayla, tu ne veux pas que je parte, c'est cela ?

— Non, ce n'est pas du tout ça ! affirma la jeune naga offusquée.

Juan lui sourit amicalement. Elle se sentit rougir, puis ajouta :

— Je te dis ce que je pense, mais en effet, si tu ne peux survivre là-haut, moi, je t'attendrai ici ! osa-t-elle finalement lui avouer.

Taraj, embarrassé par les aveux de sa sœur, se sentit de trop. Il s'éloigna un peu pour la laisser parler à Juan. Ce dernier, ému, prit la main de la jeune fille en la regardant profondément dans les yeux, le sourire aux lèvres.

— Ayla, tu es très gentille et très jolie aussi. Je prends ton invitation en considération, mais je dois trouver la vérité à mon sujet ; tu comprends ?

— Oui, et moi, je suis certaine que tu ne t'es pas retrouvé ici par hasard !

— Probablement pas...

Ayla lui sourit, puis le jeune homme leur demanda s'ils avaient des cordes pour l'escalade. Ayla préféra ne pas mentionner les nouvelles capacités de Juan, dont il ignorait probablement tout. Son frère répondit à Juan qu'ils avaient des cordes, mais pas grand-chose d'autre. Juan prépara donc le peu d'objets qu'il jugea utiles et ils partirent tous les trois à l'est du royaume.

Il faisait de plus en plus chaud, ces derniers jours, et les deux nagas informèrent l'humain que ce n'était pas commun. En avançant, loin de la luminosité, leurs pieds furent trempés par le sol, devenu marécageux. Ayla interrogea son frère, inquiète.

— Je ne sais pas ce qui se passe, Ayla !

— Il y a un problème ? demanda Juan curieux.

— Peut-être ! La chaleur, puis maintenant le sol détrempé ; ce n'est pas normal. Le sol est toujours plus humide dans ce coin du royaume, c'est pour ça que nous nous y rendons souvent pour la chasse aux escargots, mais là, c'est différent, expliqua Taraj.

Marchant avec leurs lanternes, ils arrivèrent non loin d'où ils avaient recueilli Juan. Un jeune naga vint à leur rencontre ; c'était Saka, sa peau suintait de sueur, car la chaleur était quasi insupportable à cet endroit.

— Saka ! lança Taraj, content de revoir son ami.

— Bonjour Taraj et Ayla, répondit le jeune naga en jetant un regard interrogateur à Juan.

— Lui, c'est Juan, c'est un mi-naga, mi-humain, expliqua sans hésiter Ayla.

— Tiens donc ! Enchanté, Juan.

Juan hocha la tête en souriant à Saka.

— Que se passe-t-il par ici ? demanda-t-il, intrigué.

— Il y a quelque chose qui cloche. L'atmosphère se réchauffe considérablement. Il y a même des soldats plus vieux qui disent avoir senti le sol trembler à quelques reprises.

Juan leva les yeux vers la paroi montagneuse où il aperçut une chute. Elle provenait du tunnel qui l'avait mené jusqu'au royaume naga.

— Toute cette nouvelle eau provient de là-haut, expliqua Saka. La chaleur intense semble faire fondre les glaciers.

— Mais c'est catastrophique ! s'exclama Taraj.

Juan réalisa qu'il ne pourrait pas emprunter le même chemin qu'à son arrivée. Ayla remarqua son regard attristé.

— Je voulais retourner à la cité pour prévenir Rama, annonça Saka.

— Somala m'a dit qu'il était parti, expliqua Taraj à son ami.

— Parti ? Où ?

— Je ne sais pas, mais nous savons pour Ra'bia. Juan le connaît et il était venu jusqu'ici pour trouver l'ondine et le prince. Nous sommes ici, car il veut remonter à la surface.

Juan songea à la menace américaine et expliqua aux nagas que les humains avaient peut-être réveillé le vieux volcan endormi.

— Si c'est cela, le Gouffre est en danger. Le prince Ra'bia nous a parlé d'une situation problématique sur Terre, qui constituerait un danger pour la planète entière.

Ka'al avait expliqué à ses gardes qu'ils devraient prochainement défendre leur race et leur royaume contre les humains. Il avait exigé de son général qu'il prépare ses gardes en leur remémorant la malédiction du prince revenant du royaume des morts. Le général était le seul naga au courant de la survie du jeune héritier lors de l'attaque contre ses souverains. Puis, le vieux traître avait fui en surface pour se réfugier dans une de ses cachettes obscures préférées, attendant impatiemment le moment de sa vengeance.

— Je vais leur montrer, moi les enfers ! n'arrêtait-il pas de se dire, les yeux brillant d'une folie démoniaque.

Nos amis, en Islande, étaient parvenus chez Éva et Eirik. Les deux scientifiques avaient questionné les deux adolescents, intrigués par tout le mystère les entourant. Mais leurs connaissances scientifiques les empêchaient de comprendre les réponses qu'ils obtinrent. Micaëlle observait la scène sans pouvoir proposer son aide, contrainte de respecter les règles de sa collectivité. Éva lui demanda cependant à plusieurs reprises de les aider, au grand étonnement des deux adultes qui la voyaient parler dans le vide.

– Je ne peux pas, Éva. J'ai dû payer parce que j'ai fait entrevoir l'image d'elfe de ta mère à ton père sur une photo lorsqu'il était prisonnier des Américains en Alaska.

– Mais Micaëlle, le monde est en danger !

– Oui, mais les humains n'y peuvent rien. Toi et Fabian, oui !

– Mais les volcans ne se sont pas arrêtés à mon chant.

– Non ! Tu es la princesse de l'eau, pas du feu. Et toi, Fabian, celui de la terre. Ton chant fonctionnait avec l'arme humaine, car tu annulais les ondes que ton élément permet d'apprivoiser…

– Éva ? Tu parles vraiment à quelqu'un ? demanda Eirik, inquiet.

– Oui, papa. Micaëlle est un ange. C'est elle qui t'a permis de voir la vraie image de maman en Alaska.

Eirik se raidit sur le sofa. Fabianna le regarda, intriguée.

– Eirik ? Tu as vu quelque chose sur la photo que Juan m'a demandé de te montrer ?

– Euh, oui ! Mais je croyais rêver.

– Où est Juan ? Lui, il l'a vu, Micaëlle, affirma Fabian.

– Il est parti à la recherche d'Éva, au sommet du Sneffel.

– Oh non ! Alors, il s'est rendu au royaume naga...

– Des elfes, des nagas, des anges, Jules Verne... tout ceci est trop insensé pour moi, avoua le père d'Éva bouleversé. Et pourquoi Juan, lui, il les voit, les anges, et qui lui a dit d'aller au centre de la Terre ?

Éva et Fabian se tournèrent simultanément vers Micaëlle, dont les particules semblaient instables.

– Juan, c'est une tout autre histoire, répondit l'ange sur la défensive. Vous, vous devez unir les éléments pour combattre le déséquilibre que l'élément feu a provoqué. Éva, tu as de nouveaux pouvoirs, tu dois les maîtriser pour être en mesure d'aider la planète. Il en va de même pour toi aussi, jeune naga. Il ne vous reste qu'à trouver Piteraq et...

Le sol trembla intensément et l'ange s'interrompit. Une chaleur intense se fit sentir subitement. Nos amis accoururent à l'extérieur pour voir si le Sneffel n'était pas en train de cracher de la lave, mais il semblait encore tranquille. Micaëlle expliqua à Éva et à Fabian que le temps pressait et qu'elle ne pouvait pas rester longtemps dans une telle chaleur ; puis, ses poussières se dispersèrent dans le ciel.

— Éva, il va falloir partir d'ici, lança Eirik, inquiet. Si les volcans de la dorsale ne s'arrêtent pas, la montagne traversera Reykjavik jusqu'au Sneffel ; toute notre ville sera détruite et une grande partie de la plupart des continents sera submergée par les eaux de l'Atlantique.

À ce moment-là, ils entendirent un bruit provenant de l'océan. Quelqu'un surgissait du fond de l'eau. Fabian reconnut Rama, le vieux naga, qui semblait épuisé de son voyage. Il s'écroula à ses pieds.

— Rama ? Que faites-vous ici ? lui demanda Fabian en l'aidant à se relever.

— Mon prince, c'est grave. Ka'al est dément. Il veut détruire la Terre. Il a vendu son fils Anavar au roi salamandre pour envahir la planète à l'aide du feu.

— Ka'al, c'est donc lui le responsable !

— L'eau est déjà à une température insupportable.

Eirik et Fabianna regardaient l'homme bizarre surgi des eaux et parlant une langue gutturale étrange. Éva leur expliqua qu'il était naga et que c'était leur tyrannique chef, Ka'al, qui était responsable des volcans sous l'eau. Les deux scientifiques se regardèrent, dépassés par les événements.

— Éva ! Nous devons arrêter ce processus, lança Fabian, furieux. Il s'adressait à elle en islandais. Nous devons trouver Piteraq, qui ou quoi qu'il ou elle soit, et nous unir contre le feu.

– C'est impossible, Piteraq est un vent nordique intense, Fabian !

– Piteraq serait donc le prince – ou la princesse – de l'élément air. Où souffle-t-il, ce vent ?

– Papa ?

Eirik, les deux yeux grands ouverts, regardait sa fille, pétrifié. Il était sur le point de s'emporter et de lui lancer qu'il en avait assez de toutes ces histoires à dormir debout, qu'il avait envie de partir avec elle et ses amis, loin de la menace volcanique, mais il se souvint de ce qui s'était produit la dernière fois. Il respira profondément et Fabianna lui prit la main. Il répondit :

– Le vent Piteraq se retrouve plus particulièrement sur la côte est du Groenland. Les plus forts épisodes de ce vent ont été enregistrés près de la ville d'Ammassalik.

– Merci, papa ! Nous devons y aller, Fabian.

– Éva ?

La jeune ondine regarda son père. Il respirait difficilement, le cœur lui battant intensément dans la poitrine.

– Papa, Fabian et moi, nous pouvons encore faire quelque chose pour la planète. Toi, tu dois aider les humains, pendant ce temps ; au moins ceux que tu peux, ici, à Reykjavik, expliqua posément Éva en anglais pour que Fabianna comprenne.

Eirik secouait la tête. Ce n'était pas quelque chose qu'il pouvait accepter. Les larmes lui montèrent aux yeux quand il comprit que sa fille ne se laisserait pas dissuader. Elle fit léviter les larmes de son père et leur donna la forme d'une main, laquelle caressa les cheveux d'Eirik. Par cette démonstration spectaculaire, elle lui faisait comprendre qu'il ne pouvait plus, en dépit de son désir intense de protéger sa fille, nier l'existence de cet autre monde. Il n'était pas en mesure de décider de l'avenir de la planète. Fabian s'était retourné vers Rama, pour lui expliquer ce qu'ils devaient faire, Éva et lui. Il proposa au vieux naga de rester avec le père de la jeune ondine afin de reprendre des forces. Il ne pouvait pas repartir dans ce piètre état. Le jeune naga en fit part à Eirik.

— Rama, c'est celui qui m'a aidé à libérer Éva des gardes de Ka'al. Je sais que vous ne pourrez pas bien communiquer entre vous, mais il est trop faible pour refaire le voyage jusqu'au Gouffre.

— Il est le bienvenu ici, même si nous devons partir plus à l'est.

— Je lui dirai qu'il doit partir avec vous. Les nagas ne peuvent pas rester longtemps exposés au soleil, cependant.

— Mais toi, alors, aux îles ?

— Les anges m'ont accordé une protection spéciale pour ma survie sur Terre. Éva, allons-y, ajouta-t-il finalement.

Fabian dit quelques mots à Rama, puis salua Fabianna et Eirik. Éva embrassa son père en lui disant de ne pas s'en faire, mais ce dernier se mourait déjà d'inquiétude. Puis, ils plongèrent tous les deux dans l'océan. Fabianna serra la main d'Eirik avec détermination. Ce dernier essuya ses larmes de l'autre main et dit :

— Allons, nous devons faire évacuer cette ville et les alentours !

CHAPITRE XV

L a situation, au royaume naga, ne s'améliorait guère ; l'Est était de plus en plus inondé par les eaux du glacier. Les soldats de Rama, accompagnés de Juan et de ses deux amis, avaient décidé de retourner à la cité pour prévenir la population et tenter de trouver une solution au problème. Les nagas étaient des êtres amphibiens, mais ne pouvaient pas vivre en permanence sous l'eau. L'inondation complète du Gouffre était une menace réelle pour la survie de la race. Les soldats de Rama ne pouvaient pas compter sur l'appui des gardes de Ka'al ; ces derniers étaient complètement aveuglés par les propos du vieux sage, alimentés par sa satanique soif de vengeance. Saka et Juan se rendirent chez Rama, tandis que les autres allaient de demeure en demeure pour chercher du renfort.

Somala reçut les deux visiteurs dans son salon.

— Nous devons rejoindre Rama, le royaume est en danger grave, lui expliqua directement Saka, après lui avoir présenté Juan.

— Rama est en surface, Saka. Il est allé prévenir le prince des plans de Ka'al.

— Quels plans ?

— Ce vieux fou est venu parler à Rama et lui a dit que son fils Anavar serait bientôt le nouveau roi salamandre et qu'avec le feu, il exterminerait les humains et quoi d'autre encore... J'ai entendu dire aujourd'hui même qu'il avait quitté le royaume en donnant l'ordre à ses gardes d'être prêts à se battre.

— Quoi ?

— C'est tout ce que je sais, mais Rama est trop vieux pour de telles aventures ; je ne sais pas s'il reviendra, se lamenta son épouse, inquiète.

— Ne vous en faites pas, Somala, il tiendra le coup ! Alors, le volcan qui fait fondre le glacier, ce serait l'œuvre de Ka'al ? demanda Saka comme s'il réfléchissait tout haut.

— Entre lui et les Américains, la Terre n'a pas beaucoup de répit, résuma Juan.

— Je dois aller trouver Rama, il est le plus ancien des nagas après Ka'al ; il saura quoi faire, expliqua le jeune naga.

— Combien de temps ça prend pour arriver à la surface ? s'enquit Juan.

— Plusieurs heures!

— Ça sera trop tard, l'eau monte rapidement. Il faut trouver une solution rapidement.

— Mais quoi ?

— Sur Terre, lorsque des rivières menacent de sortir de leur lit, nous creusons des digues ou alors nous empilons des montagnes de sables pour retenir le débordement. Peut-être que nous pourrions creuser des fosses à l'est du royaume, proposa Juan.

— C'est une excellente idée, jeune homme, lança Somala.

— En effet, ajouta Saka. Pendant ce temps, j'irai chercher Rama.

— D'accord, mais avant, il faut regrouper le plus de gens possible pour creuser près de la sortie du Sneffel.

— Oui, allons-y ! lança Saka.

Ils saluèrent la vieille naga, qui demanda au soldat de faire part de son inquiétude à son mari lorsqu'il le verrait en surface. Elle proposa également de recruter des gens pour les aider. Juan et Saka retrouvèrent Taraj, Ayla et quelques soldats à l'est du royaume. Ils leur firent part de leur plan, qui fut immédiatement mis en oeuvre. Saka se préparait pour son départ. Juan avait quelque chose à lui demander. Ayla tendit l'oreille pour écouter la conversation. Il s'agissait d'un message de Juan à l'intention de Ra'bia.

— Lorsque je suis venu ici, je croyais être seulement humain. Or, ma nature naga m'a été dévoilée. Ra'bia ignore ce fait, je veux que tu lui en fasses part et je veux qu'il prévienne ma fiancée que je suis sain et sauf, mais que je ne peux pas revenir sur Terre pour l'instant.

Ayla fut attristée en raison de l'air abattu de son ami. Saka lui assura qu'il ferait le message dès qu'il verrait le prince. Juan lui expliqua comment se rendre chez Éva, lorsqu'il serait en surface, au large de Reykjavik. Après le départ du jeune soldat, Juan se mit à creuser comme tous les autres nagas présents ; il fut surpris de constater que sa force avait triplé. Ayla vint le voir pour lui confesser ses pensées.

— Tu sais, Juan, si tu es naga, tu peux l'accompagner.

— Qui ça ?

— Saka.

— Que veux-tu dire ?

— Tu peux faire le voyage en profondeur en respirant sous l'eau et en empruntant l'une des sorties du royaume naga, lui expliqua-t-elle en lui présentant un caillou empreint d'un dessin de serpent à l'encre noire.

Juan considéra le caillou, puis regarda Ayla.

— Tu as probablement raison, Ayla, mais de toute façon, maintenant que j'ai l'assurance qu'Elena saura que je suis en vie, je préfère prêter main-forte ici, dans le Gouffre, répondit-il en souriant.

— Tu es un ange, Juan ! Tu ne viens pas de la Terre, tu viens du ciel ! lui lança-t-elle, ricaneuse.

Juan songea à son histoire abracadabrante : l'ange que le vieux Ka'al maudissait et qui le protégeait, lui. *Pourquoi ?* se demandait-il bouleversé. *Pourquoi le vieux fou disait-il que cet ange se sentait obligé de me sauver ?*

Il continua à creuser, tentant de ne plus penser à cela et pour ne pas devenir dingue.

À Reykjavik, Fabianna et Eirik s'étaient rendus à l'université prévenir les experts ainsi que les autorités islandaises qu'il fallait procéder à l'évacuation des gens vers les régions centrales de l'île. Rama était resté chez Eirik pour reprendre des forces. Il aurait bien aimé boire une bonne gorgée de liqueur d'escargot pour récupérer plus rapidement, mais il savait qu'il n'y en avait pas dans l'étrange demeure de l'humain. Après que les autorités eurent annoncé qu'il était nécessaire de quitter la capitale, les rues de Reykjavik s'embouteillèrent considérablement. La tâche des deux chercheurs accomplie, ils retournèrent à la maison. Pris dans l'un de ces bouchons de circulation, Eirik reçut un appel d'Elena.

— Eirik ? C'est Elena. Ça fait des jours que j'attends de vos nouvelles !

— Oh, Elena ! Excuse-nous, nous avons tellement eu de problèmes au cours des derniers jours que nous ne t'avons pas téléphoné. Je m'en veux terriblement.

— Ne vous en faites pas, Eirik, je comprends. Je suis contente que vous soyez sains et saufs.

— Fabianna est avec moi.

— Tu m'en vois soulagée. Et Éva ?

— Euh, c'est compliqué !

— Que voulez-vous dire ?

— Nous l'avons récupérée, mais elle n'est pas ici présentement.

— J'imagine qu'elle est dans un endroit sécuritaire, compte tenu de la situation actuelle en Islande.

— Hum, oui ! Écoute, Elena, où es-tu ?

— Chez moi, avec mes parents pourquoi ?

— Écoute, je ne veux pas que tu te fasses du souci…

Eirik tentait de ménager ses paroles pour annoncer à la jeune fille qu'il était sans nouvelles de son petit ami.

— Il est arrivé quelque chose à Juan ? lança la jeune fille d'une voix fébrile.

— Non, je suis certain qu'il est sain et sauf, mais nous n'avons pas de nouvelles…

La jeune fille éclata en sanglots au bout du fil.

— Elena, insista-t-il, je t'en prie, ne t'en fais pas. Tu m'entends ?

— Oui, répondit la jeune Équatorienne.

— Il y a beaucoup de choses étranges qui se sont produites au cours des derniers jours. Juan est allé loin, très loin, et où il se trouve, il n'a pas vraiment la possibilité de communiquer avec nous, tu comprends ?

— Je ne suis pas certaine.

— Je ne peux pas vraiment t'expliquer tout ça au téléphone, mais tu dois me croire ; rien ne me dit qu'il lui soit arrivé quelque chose. Attends un peu, Elena.

Fabianna lui faisait signe à ses côtés.

— Dis-lui pour Fabian !

Eirik hocha la tête, comprenant que cela pourrait rassurer la jeune fille.

— Elena, tu te souviens que l'on croyait que Fabian était mort aux îles ?

— Oui.

— Eh bien, il ne l'est pas, nous l'avons revu hier, sain et sauf. Juan est en quelque sorte où Fabian était ; alors, je t'en prie, ne perds pas espoir.

Elena resta figée à l'autre bout du fil, tentant de mettre en ordre ce qu'Eirik venait de lui dire.

— Que dois-je dire à sa mère, elle m'appelle sans arrêt pour savoir où il est ? Elle commence à croire que je lui mens.

— Je ne sais pas, Elena, mais il ne faut pas le croire mort. Tu trouveras quoi lui dire ; maintenant, je dois te laisser. Si nous apprenons quoi que ce soit, nous te téléphonons, d'accord ?

— Oui, Eirik. Merci et bonne chance à vous.

Elle déposa le combiné et sa mère, qui avait été alertée par ses pleurs, l'interrogea, inquiète.

— Alors ?

— Euh, il est en vie…

— Dieu soit loué ! Tu m'as fait une de ces peurs. Tu dois parler avec sa mère, Elena, cette pauvre femme est morte d'inquiétude. Tu sais comment elle est !

— Oui, maman. Je vais aller lui rendre visite.

En chemin, elle cherchait ce qu'elle pouvait bien lui raconter. Mais elle savait que, peu importe les histoires qui lui viendraient à l'esprit, rien ne la convaincrait.

— Je ne suis pas bonne pour mentir, souffla Elena.

Elle sonna à la porte. Elle tremblait d'angoisse.

— Qui est là ?

— C'est moi, Elena.

La porte s'ouvrit ; une élégante et frêle dame, frôlant la quarantaine, accueillit sa bru.

— Bonjour Elena…

– Bonjour, Dolores !

– ... et Juan ?

– Juan va bien, mais je dois vous parler...

– Où est-il ?

– Puis-je entrer ?

Elles s'assirent au salon et Elena commença :

– Dolores, comme je vous ai dit à plusieurs reprises au téléphone au cours des derniers jours, Juan a prolongé son séjour en Islande. Avec les derniers événements dans les îles Galápagos, il tenait à aider les scientifiques inquiets des phénomènes étranges.

La voix de la jeune fille tremblait, car elle ne savait pas vraiment quoi raconter à la mère de son amoureux.

– Elena, tu me caches quelque chose !

Elena n'en pouvait plus. Ses propres inquiétudes la troublaient énormément. Dolores insistait. Elle éclata en sanglots, complètement découragée.

– Oh mon Dieu ! soupira la mère de Juan. Je le savais, il est arrivé quelque chose à mon Juancito !

– Oh ! Je suis tellement désolée, Dolores. Elena se cachait le visage, couvert de larmes. Je suis sans nouvelles de lui. L'Islandais, le père d'Éva, me dit de ne pas m'en faire. Mais toutes leurs histoires sont tellement étranges. Juan est parti comme un possédé dans le fond d'un volcan, sur les traces des histoires de Jules Verne. Peu de temps avant, il me parlait d'elfes et d'anges, et moi, je crois qu'il a perdu la tête comme un schizophrène et qu'il s'est perdu, qui sait où !

La mère de Juan devint blême, elle fut prise d'un malaise et se mit à respirer difficilement, comme si un étau lui enserrait la poitrine. Au bruit de son souffle, Elena leva les yeux.

— Dolores ? Dites-moi quelque chose.

— Tout, sauf ça, Elena, répondit finalement Dolores avec difficulté. N'importe où, mais dis-moi qu'il n'est pas parti au centre de la Terre, ajouta la mère de Juan, désespérée.

Elena la regarda, perplexe.

— Dolores ?

— Juan n'est pas comme nous, Elena. Son histoire est tellement invraisemblable que personne, je dis bien personne, sauf moi, ne la connaît.

Elena sentit un frisson lui parcourir le corps entier.

— Quelle histoire ? Celle de sa cicatrice ?

— Entre autres…

— Je vous en prie, Dolores, ne me faites pas languir.

— Je peux te raconter cette histoire, mais tu croiras que je suis folle.

– Au point où j'en suis, je crois plutôt que c'est moi qui deviens dingue.

– D'accord. L'histoire commence il y a de cela vingt et un ans, j'avais à peine dix-huit ans. Une nuit, je ne suis pas rentrée de mes cours, mes parents m'ont cherchée partout. Le lendemain, je retournais à la maison, sans savoir où j'avais passé la nuit. Tu t'imagines la réaction de mon père ? Il me jura qu'il tuerait celui chez qui j'avais passé la nuit ! Or, je ne savais pas où j'avais passé les douze dernières heures. Mais quelques semaines plus tard, je réalisai que je portais un enfant dans mon ventre. C'était de la folie ! Je ne savais rien de rien et mes parents ne me croyaient pas. Alors, j'ai porté cet enfant du « Saint-Esprit », sachant fort bien au fond de moi que quelqu'un m'avait bernée. Mais à quoi bon pleurer toutes les larmes de mon corps ? Ou implorer le pardon de ceux qui sont convaincus que je les trompe, alors que je ne comprends moi-même rien des événements étranges qui surviennent dans ma vie ? Lorsque Juan est venu au monde, il était tout ce qui comptait. Mais une horrible nuit, un vieil homme odieux se faufila dans mon appartement ; d'un coup d'épée, il transperça le cœur de mon petit bébé. Cet homme hurlait dans une langue que je ne connaissais pas, mais elle n'était pas humaine. Puis, il me cria en espagnol : « Un jour, nous, les nagas, ressortirons du centre de la Terre ; et vous, les humains, les vermines que vous êtes, vous serez anéantis ! » Désespérée, je tentai de sauver mon enfant, mais l'être – d'une force incroyable – me fit tomber à l'autre bout de la chambre où je perdis connaissance. À mon réveil, je trouvai mon petit Juan dormant à poings fermés. La blessure à sa poitrine était cicatrisée, et brillait d'une étrange poussière d'argent, comme par miracle. Je n'invente rien, Elena. Tu dois me croire ! Tu vois, ce jour-là, j'ai su que d'autres êtres habitent la Terre. Que ce soit des anges ou des elfes ou quelque chose d'autre, je sais que Juan est différent, je ne sais pas comment, mais je le sens au fond de moi.

– Dolores, je ne sais pas quoi vous dire, sauf que je sais que Juan est une excellente personne. Mais des êtres étranges…

– Je sais, c'est difficile de croire à ce que nous ne voyons pas. Mais s'il t'a parlé de ces créatures, moi, je peux le croire. Mais j'espère seulement qu'il n'est pas tombé sur cet horrible vieillard qui a voulu le tuer.

Elena resta encore un peu pour discuter davantage avec Dolores, puis retourna chez elle, bouleversée. En chemin, elle pria pour que son fiancé revienne sain et sauf, peu importe d'où il reviendrait.

e jour se levait à peine sur Reykjavik ; Eirik et Fabianna préparaient leurs sacs à dos pour évacuer la ville. Rama tentait tant bien que mal de les aider, mais il n'était pas en mesure de communiquer avec eux. Il trouvait bien étranges les objets que les deux humains amassaient pour leur départ. Ses forces revenaient tranquillement, mais la chaleur intense de la ville rendait ses mouvements presque impossibles. Il aurait voulu retourner auprès de son épouse, mais la température de l'eau devait être encore moins supportable qu'à son arrivée. Il comprenait mieux que ses hôtes l'importance de la mission des deux adolescents. Depuis la nuit des temps, les sages nagas étaient familiers avec l'équilibre élémentaire de la planète. Son père, qui avait fait partie de cette caste privilégiée, lui avait enseigné les doctrines liées à cette harmonie. Rama, une fois adulte, avait opté pour la vie militaire. Mais il était toujours demeuré imbu de ces connaissances. Protéger la famille royale faisait partie de cette philosophie, d'autant plus que l'extermination de la lignée royale constituait un danger pour l'élément terre. Jamais il n'aurait pu prévoir qu'un grand sage

comme Ka'al soit corrompu par des ambitions aussi indignes. Mais Ra'bia avait survécu, et maintenant, le vieux soldat réalisait que le jeune prince n'avait pas besoin de la protection d'un vieillard. Il réfléchissait à son passé lorsque quelqu'un cogna à la porte de la maison d'Eirik. Ce dernier accourut pour ouvrir, perplexe devant l'étrange jeune homme tout détrempé qui se présentait chez lui.

— Ra'bia, Rama ? lança le jeune Saka à bout de force. Il avait nagé le plus rapidement possible pour se rendre en surface.

Rama courut à sa rencontre.

— Saka ?

— Oh ! Rama, quelle joie de vous voir sain et sauf.

— Que se passe-t-il ?

— Le glacier fond et le royaume s'inonde, Rama.

— Oh non ! C'est une catastrophe !

Rama fit signe à Saka d'entrer. Eirik et Fabianna les regardèrent se parler dans leur langue étrange.

— Les soldats creusent une fosse pour contenir l'eau. C'est l'idée de Juan, l'ami du prince. Où est le prince Ra'bia ?

— Il est parti avec Éva pour arrêter les volcans.

— J'ai un message pour le prince de la part de Juan.

— Et Ka'al ?

— Il est parti, mais j'ai pu savoir qu'il avait dit à ses gardes de se tenir près pour combattre les humains. Je ne vois pas comment, si le royaume est englouti !

— Ra'bia m'a dit en partant que je devrais suivre mes hôtes, car une chaîne montagneuse émergera de l'océan, ce qui bouleversera cette partie de l'île.

— Et alors ?

— Je crois bien que le plan de Ka'al, c'est justement de libérer le Gouffre des entrailles terrestres et de provoquer une guerre entre les nagas et les humains, pendant que lui, il continue de déséquilibrer les éléments.

— Mais pourquoi ? Je croyais que ses ennemis étaient les humains, alors pourquoi faire payer les nagas ?

— Non, son ennemi est tout autre. Il se bat contre sa mort.

— Hein ?

— Les sages nagas exemplaires finissent leurs jours et atteignent l'immortalité dans la dématérialisation complète. Quelque part dans son parcours, Ka'al a perdu cette possibilité, un faux pas qui l'a plongé dans une hargne vengeresse, dans le désir de détruire cet élément qui lui a fermé la porte pour une raison que j'ignore.

— Le vieux sage a perdu sa sagesse et veut faire payer les anges ?

— Tu as tout compris ! Il veut que tout meure avec lui !

— Mais y a-t-il un moyen de l'arrêter ?

— C'est ce que sont partis faire le prince Ra'bia et la princesse Éva.

— Et nous ?

— Nous devons minimiser les dégâts. Il ne faut pas que les nagas et les humains s'entretuent !

— Mais comment allons-nous y parvenir ? Nous ne pouvons pas communiquer avec eux.

— Il faudrait quelqu'un qui puisse les joindre !

— Juan !

Eirik et Fabianna entendirent clairement le nom du jeune Équatorien.

— Ils parlent de Juan, Eirik.

— Oui, je le crois bien.

— Mais comment faire pour savoir s'il est sain et sauf ?

Eirik resta songeur, puis monta à l'étage.

— Qui est Juan ? demanda Rama.

— C'est un être mi-humain, mi-naga ; il est arrivé au Gouffre par le Sneffel. C'est un ami de Ra'bia, comme je vous le disais tout à l'heure. Il parle les deux langues, comme Ra'bia. Mais chose étrange, il m'a dit dans son message pour le prince que ce dernier ignorait sa nature naga, car lui-même l'avait apprise seulement une fois au Gouffre…

Eirik redescendit avec le passeport de Juan dans les mains. L'Islandais l'ouvrit à la page de la photo et s'adressa aux nagas en secouant la tête de haut en bas :

– Juan ?

Saka le regarda, perplexe. Il répondit à Rama que c'était bien lui. Ce dernier imita le geste d'Eirik et répéta le nom du jeune homme. Le vieux naga restait intrigué par la dernière affirmation de son soldat au sujet de la nature cachée du métis.

– C'est bien lui, Fabianna. Ils l'ont vu dans leur monde. Je suis certain qu'il est sain et sauf.

– Eirik, va chercher du papier et des crayons, nous pourrons nous comprendre en dessinant !

Le jeune scientifique lui obéit sans hésiter. Peu de temps après, ils apprenaient que Juan se portait bien, mais ils ignoraient toujours la signification de l'un des dessins du jeune naga, sur lequel il insistait. Il avait représenté Juan, mais avec des écailles qui lui couvraient le bas du corps.

– Pourquoi crois-tu qu'il dessine Juan de la sorte, Eirik ? Aurait-il contracté une maladie dans leur monde ?

– Je ne sais pas, Fabianna.

Saka pointa ses propres jambes en désignant ses écailles. Il répéta le nom du jeune Équatorien et pointa de nouveau son dessin.

— Ils ne nous voient pas avec nos attraits nagas, mon cher Saka, lui expliqua le vieux soldat.

— Pourquoi ?

— Il y a deux raisons. Leur esprit est fermé depuis des milliers d'années, depuis que nos deux races se sont séparées. Et il y a l'intervention angélique, répondit Rama. Sur quoi il devint encore plus songeur.

— Oui, mais cet homme est le père d'une ondine, ajouta Saka. Et à ces mots, il dessina Éva avec ses attraits elfiques.

— Éva ! Juan ! insista Saka.

— Eirik, est-ce comme l'image que tu as aperçue d'Isabella ?

— Oui ! Je crois que nous ne les voyons pas comme il se doit !

— Juan serait des leurs ? Comme Fabian ?

— Peut-être.

Eirik les pointa tous les deux et demanda :

— Juan ?

Saka secoua négativement la tête. Il désigna Eirik et Fabianna, se pointa lui-même, puis indiqua Rama et dit :

– Juan !

– Juan est comme nous *et* comme eux ! s'exclamèrent les deux scientifiques.

Saka réalisa qu'ils avaient compris. Eirik décida d'aller chercher une carte du monde pour savoir où se trouvait exactement leur royaume. Il leur montra l'Islande. Saka lui pointa le Gouffre, qui s'étendait de l'île Jan Mayen, au nord de l'Islande, jusqu'à la hauteur des Açores, au centre de l'Atlantique, puis jusqu'aux îles Galápagos, maintenant presque complètement englouties, hormis le sommet de quelques volcans. Eirik dessina les trois volcans en activité avec un marqueur rouge ; il traça la dorsale médio-atlantique en vert, et avec un marqueur bleu, il dessina l'océan Atlantique, couvrant les continents de part et d'autre de la dorsale. Rama regarda les dégâts, puis prit un marqueur et dessina un losange sur la dorsale, désignant ainsi le nouvel emplacement du Gouffre, sur cette partie émergée de terre. Il dessina de petits bonshommes partout dans ce losange, représentant la population naga. Eirik et Fabianna le regardèrent, perplexes. *Mais pourquoi, les nagas avaient-ils fait cela ?* se demandaient les deux chercheurs. Eirik pointa le dessin illustrant la catastrophe, puis prononça :

– Ka'al ?

Rama secoua affirmativement la tête avec regret.

— Pourquoi ? demanda Eirik en signe.

Rama haussa les épaules.

— Il faut qu'on fasse venir Juan pour tout leur expliquer ; c'est trop difficile à expliquer en images ! Comment pourront-ils ne pas en vouloir aux nagas, si c'est bel et bien un naga qui a causé ceci !

— Je ne crois pas qu'on puisse retourner au Gouffre, Rama ; à ma venue, l'eau était d'une chaleur insupportable, j'ai épuisé toutes mes forces dans ce milieu peu propice à la vie. Et le passage par le Sneffel doit être impraticable également.

Rama reprit le marqueur, et sur une autre feuille, il dessina un énorme soleil et plusieurs nagas, puis il fit des flèches du soleil aux nagas, et des croix sur les nagas.

— Que veut-il nous dire ? demanda Eirik à Fabianna.

— Je crois qu'il nous explique ce qui se produira si leur royaume émerge ; probablement que leur race ne peut pas survivre au soleil. Mais Fabian ? se questionna la jeune scientifique.

— Fabian m'a dit que c'étaient les anges qui lui avaient permis de survivre sur Terre. Mais Éva, elle, m'a pourtant dit qu'un vieux naga avait provoqué les volcans ; il aurait donc mené les siens à leur perte ?

— Le colonel John North l'a bien fait pour ses semblables des îles Galápagos.

— Et que crois-tu qu'il fera à ces êtres apparus des profondeurs de l'océan ?

— Oh ! Eirik, tu as raison. Ce sera affreux ! Fabian ne mérite pas que cela arrive aux siens ! Il a sauvé tant d'humains, comme s'il était des nôtres.

Les rayons du soleil traversaient les fenêtres de la demeure d'Eirik et les deux nagas commencèrent à sentir le besoin de se réfugier dans un endroit plus obscur. Ils le firent comprendre aux humains, qui les dirigèrent vers la chambre d'Eirik, à l'étage. Ce dernier ferma les stores et laissa ses visiteurs se reposer. Il déclara à Fabianna qu'ils devraient probablement fuir la ville au crépuscule, car leurs invités ne pourraient pas supporter le voyage en plein jour. Elle accepta. Ils discutèrent des derniers événements, ne sachant pas vraiment comment composer avec les nouvelles réalités qui bousculaient leurs croyances scientifiques.

abian et Éva avaient nagé jusqu'à la côte est du Groenland, traversant le détroit du Danemark. L'eau, habituellement sous le point de congélation, même en cette période estivale, était particulièrement chaude. La banquise qui se détachait et les hummocks croisés sur leur route ralentissaient leur progression ; ils semblaient fondre à une vitesse accrue, causée par le courant marin chaud que provoquait l'exceptionnelle activité volcanique du point chaud de l'Islande. Sur le sol gelé du Groenland, ils durent demander de l'aide aux habitants, dans la première demeure qu'ils croisèrent, afin de se réchauffer. La vieille Inuit qui leur ouvrit la porte faillit défaillir en voyant les deux adolescents détrempés et inadéquatement vêtus pour le climat nordique, debout devant elle.

— Grands Esprits du Nord ! s'écria-t-elle dans son dialecte natal, que nos deux amis ne comprenaient pas vraiment.

Elle s'occupa immédiatement de leurs doigts endoloris, tout en gesticulant et en parlant sa langue à toute vitesse. Par chance, l'été était plus clément qu'à l'habitude en raison des bouleversements planétaires des derniers mois. Puis, la vieille femme les nourrit et leur offrit des vêtements plus adéquats. Éva tenta de communiquer avec son hôtesse en danois, la langue seconde qu'elle apprenait à l'école islandaise, même si elle ne l'avait jamais vraiment pratiquée. Elle se disait que la dame en question la comprendrait peut-être, puisqu'il s'agissait encore de la deuxième langue officielle de son pays. Mais en vain, elle continuait sur un ton de reproche à déblatérer dans son charabia incompréhensible. Fabian et Éva se regardaient, se retenant de rire.

Le chien esquimau qui la suivait partout lui donnait un air de matrone. La bête avait seulement reniflé nos deux amis, sans trop leur porter attention.

Brusquement, l'animal se précipita à la porte d'entrée et geignit. Un jeune homme entra et caressa le dessus de la tête du chien excité. La vieille dame l'accueillit et lui raconta l'arrivée des deux adolescents. Le jeune Inuit les présenta, sa grand-mère et lui, en danois : « Voici ma grand-mère Ukaleq, et moi je suis Enok ». Éva, ravie, se présenta à son tour ; elle lui expliqua qu'ils arrivaient d'Islande.

— En bateau ?

— Euh oui, répondit la jeune fille.

Le jeune homme scruta le fond de ses yeux.

— Ma grand-mère dit que vous êtes arrivés tout mouillés, nus pieds et avec des vêtements trop légers…

– C'est une longue histoire, lança la jeune fille.

– Que faites-vous ici ?

– Nous voulions voir un épisode de Piteraq…

– Pardon ?

– Il paraît que ce vent frappe parfois votre ville.

– Oui, mais ce n'est pas une partie de plaisir ! Nous, les Inuits, savons qu'il est mieux de craindre ces manifestations de dame Nature.

– C'est vraiment important pour nous.

– Ah oui, et pourquoi donc ?

– Je suis certaine que vous avez remarqué qu'il fait une chaleur intense qui réchauffe même la banquise de votre pays ?

– En effet, et nous en sommes fortement inquiets.

– Qui ça, nous ?

– La communauté inuite groenlandaise.

– Eh bien, vous avez raison de vous en faire. Des volcans de l'Islande, et d'autres, plus au sud, menacent d'ouvrir les entrailles de notre Terre.

– Et deux jeunes adolescents comme vous savez tout cela ?

– Les apparences sont parfois trompeuses !

– Je ne vois pas le lien avec le Piteraq. De toute façon, il est plutôt rare en été, il faut attendre le mois de septembre.

— Connaissez-vous des légendes à son sujet ?

Le jeune homme réfléchit brièvement, puis répondit :

— Pas vraiment, mais on recommande, quand il souffle, de se réfugier derrière un rocher. Car sa force est remarquable.

— Votre grand-mère, elle, peut-être connaît-elle d'anciennes légendes à son sujet ?

— Je peux le lui demander.

S'adressant à la vieille femme en *tunumiutut*[3], il lui expliqua la demande particulière de la jeune fille. La grand-mère éclata de rire, et avec un grand sourire édenté fixa Éva un instant. Elle répondit à son petit-fils, qui traduisit sa réponse.

— Elle dit que l'été, si tu veux trouver la belle Piteraq, il te faut la chercher sous la forme d'un joli corbeau blanc, mais qu'il y a bien longtemps que l'humanité ne croit plus à cette histoire ! Quant à moi, rajouta-t-il, je crois que ce sont des récits de grands-mères, sachez-le bien !

À cette évocation, Éva avait compris que c'était sans aucun doute une princesse – « la belle Piteraq » – qui représentait l'élément air, et elle entendait bien la rencontrer.

— C'est exactement ce que nous cherchons ! Remerciez-la pour nous, s'il vous plaît !

---

[3] Le *tunumiutut* est le dialecte parlé du Groenland de l'est.

L'homme remercia sa grand-mère de la part de la jeune fille. La vieille femme, le regard soudain devenu dur, ordonna quelque chose à son petit-fils. Celui-ci baissa les yeux, puis ajouta :

– Je vais vous servir de guide ! Ma grand-mère dit que votre mission est d'une importance primordiale.

– Nous en sommes reconnaissants. En effet, Piteraq est la seule à pouvoir nous aider à contrer les volcans !

– Pardonnez-moi, mais c'est assez incroyable, pour moi, de constater que des Blancs accordent une telle importance à des histoires spirituelles au sujet de mère Nature. Je vous aiderai. Les corbeaux blancs sont très rares, mais ma grand-mère sait que j'en ai déjà aperçu dans mes expéditions le long de la côte, où il vaut mieux ne pas s'aventurer sans connaître le terrain. Dans cette partie du globe, le temps change sans aviser. Le corbeau blanc est un oiseau mystérieux, farouche, qui semble toujours observer l'homme avec intérêt. Il nous voit toujours le premier et se laisse voir quand cela lui plaît. Je vais préparer des victuailles, puis nous pourrons partir après avoir mangé. Mon beau Nanok va nous accompagner, dit-il en pointant son chien.

– Merci, Enok !

– De rien ! Je ne ferai qu'assister à la mission que les esprits de la nature vous imposeront !

Éva acquiesça en baissant le regard solennellement. Fabian l'imita. Elle lui résuma la conversation.

Le prince avait compris des bribes de l'échange, constatant une certaine ressemblance entre le danois et l'islandais. Fabian avait vraiment le don des langues.

Pendant ce temps, au royaume de la salamandre, le roi Phaïno tenait toujours le coup malgré sa santé précaire. Vesta et Anavar s'étaient résignés à ne pas pouvoir l'interrompre et s'affairaient plutôt à l'apprentissage intensif du futur roi pour qu'il soit prêt. Vesta avait expliqué à son ami, avec une énorme peine dans le cœur, qu'il recevrait les pleins pouvoirs du feu au moment où la flamme de son oncle s'éteindrait. Anavar avait tenté tant bien que mal de consoler la jeune fille, mais il voyait, grâce à l'intensité de sa flamme indigo, que la rage la dominait. Une émotion forte qu'elle cultivait contre Ka'al. L'adolescent, lui, se rappelait que le vieux naga l'avait menacé. Le sage déchu voulait qu'à son retour, il soit prêt. Anavar, de son côté, n'avait pas l'intention de se soustraire, lorsqu'il serait roi salamandre, aux plans de ce vieux fou. Mais il craignait le pouvoir que son père avait sur lui. Il n'en parla cependant pas à Vesta. La chaleur s'intensifiait repidement dans le royaume, ce qui n'indisposait guère nos deux salamandres. Bientôt, tout serait accompli.

En Islande, Eirik et Fabianna, accompagnés des deux nagas, avaient fui Reykjavik pour se rendre chez des amis du jeune Islandais, dans la ville de Hella, à une centaine de kilomètres à l'est de la capitale. Eirik ne voulait pas trop s'éloigner, en raison du retour éventuel d'Éva. La majorité de la population de la capitale avait été dirigée vers le nord de l'île. Eirik eut le sentiment du devoir accompli, puisqu'il avait sauvé ceux qu'il pouvait, « les humains », comme disait maintenant Éva. Mais lui, il était tellement inquiet de son ange adoré. Fabianna était sensible à son inquiétude, mais aucun mot n'aurait pu le consoler, se disait-elle. Elle se contenta simplement d'être aux côtés de cet homme merveilleux, auquel elle était terriblement attachée.

Dans le pays de glace, les jeunes amis avaient entamé leur quête avec leurs deux nouveaux compagnons. Enok ne souhaitait pas s'aventurer au nord de sa ville natale, mais il voulait s'éloigner de la zone habitée de la région. Le corbeau blanc, qui le guettait parfois dans ses voyages avec Nanok, se dissimulait la plupart du temps dans le blanc des glaces environnantes. Mais ce qui inquiétait le jeune Inuit, c'était de s'exposer dans la plaine, là où il n'y a aucun refuge possible. Comme sa grand-mère lui avait dit au moment du départ, il suffit de chercher quelque chose pour le trouver, ou pour qu'il nous trouve. Même si le jeune homme savait que le Piteraq était rare l'été, il s'*attendait* à le croiser sur sa route. Il souhaitait seulement que ce ne fût pas l'un de ceux qui arrivent sans prévenir, avec toutes les forces de dame Nature. L'air était étrangement chaud et la banquise se détachait plus qu'à l'habitude. Nanok, lui, était inquiet ; son maître le sentait nerveux et cela ne pouvait pas être bon signe. Il fit part de cette particularité à ses compagnons. Ils marchèrent ainsi, sur leurs gardes, durant quelques heures, puis Enok annonça qu'ils monteraient leur camp dans une petite plaine où des élévations de la glace leur offraient une certaine protection.

Le corbeau blanc les avait déjà remarqués et les observait, avec curiosité, depuis un certain temps. Enok offrit du poisson séché aux adolescents ; une petite brise venant de l'intérieur de l'île les caressait doucement. Ce vent léger ne menaçait pas de se transformer en Piteraq, mais Enok s'en inquiéta tout de même, car il porterait l'odeur de leur repas vers le bord de la mer. Il demanda à ses compagnons de manger au plus vite. Son chien profita de cette brise pour renifler les effluves environnants. Lui sentit bien la présence du grand oiseau. Mais tout ce qu'il faisait, c'était remuer la queue.

— Nanok ? Tu as senti quelque chose ?

Le chien grogna de façon particulière. Enok lui caressa la tête et scruta du regard l'horizon blanc.

— Une aiguille dans une botte de foin, murmura Éva à Fabian

— Elle, elle nous trouvera, répondit le jeune garçon, convaincu.

Une fois la tente montée, Enok proposa aux adolescents de s'installer confortablement à l'intérieur pour se reposer. Ils lui obéirent. L'Inuit leur expliqua qu'il irait bientôt les rejoindre et que Nanok monterait la garde. Ce qu'il fit quand le semblant de crépuscule tomba, car même si les jours commençaient à s'écourter, il n'y avait pas encore de nuit noire à ce temps-ci de l'année. Nanok, lui, restait alerte, fidèle à son poste.

Peu de temps après, le chien réveilla la troupe en grognant férocement. Les enfants, surpris, s'inquiétèrent pour la bête, car elle semblait devoir les défendre contre un intrus. Enok avait jeté un regard au travers de l'ouverture de la tente et s'était rassis près d'eux en prenant son fusil.

— Ne vous en faites pas ! Nanok est un brave chien !

— Qu'y a-t-il dehors ? demanda Éva, inquiète.

— Une bête.

— Quel genre de bête ?

— Elle a dû sentir l'odeur du poisson, portée par le vent, dit Enok en évitant de répondre à la question. Ne vous en faites pas, répéta le jeune Inuit.

— Alors, pourquoi le fusil ? questionna Fabian à son tour.

— Prévention !

— Enok ? murmura Éva inquiète.

Les grognements du chien s'intensifièrent, comme pour prévenir la bête qu'un pas de plus serait de trop. Puis, plus rien. Le silence rassura les deux enfants. Tout était fini.

— C'était quoi ? demandèrent-ils à l'unisson.

— Un ours blanc.

— Quoi ? lança Éva, sceptique. Et il a eu peur de ton chien ?

— Mon chien ne s'appelle pas Nanok pour rien ! s'esclaffa Enok.

— Et Nanok veut dire quoi ? demanda Fabian, curieux.

— Ours ! Les animaux communiquent entre eux et mon chien a bonne réputation !

— Pourquoi donc ?

— Parce qu'il m'a déjà sauvé la vie contre l'attaque d'un ours polaire en le tuant de ses crocs ! Et cela, les ours l'ont su, et aucun d'eux n'osera jamais l'affronter !

– Incroyable !

– C'est plutôt incroyable que les humains ne sachent plus comment communiquer de la sorte.

Enok sortit de la tente avec son fusil pour féliciter son chien. Il jeta un coup d'œil aux alentours pour voir si la bête n'était pas restée dans les parages ; Éva et Fabian l'avaient suivi à l'extérieur. Nanok leva son museau vers le ciel et hurla nerveusement. Son maître réagit rapidement à son cri. Il regarda le ciel qui se teintait de pastel et sentit la brise particulière qui précédait parfois la tempête.

– Piteraq ! lança le jeune homme inquiet.

Les deux adolescents regardèrent le ciel à leur tour. Ils obéirent au geste que leur fit Enok pour leur signifier de se réfugier derrière la paroi de glace. Il les suivit avec son chien. La brise se transforma en bourrasque en quelques secondes. La poudrerie qu'elle causa rendit la visibilité nulle. Le froid qu'elle transportait était glacial et pénétrait les aventuriers jusqu'aux os. Elle arrivait de l'Inlandsis à une vitesse digne des grands ouragans. La paroi de glace se désintégrait en poussière de neige à une vitesse vertigineuse. Enok cria à ses amis qu'ils ne seraient plus en sécurité si la paroi disparaissait.

– Piteraq nous soufflera jusqu'en mer à ce rythme-là !

Éva s'éloigna de quelques centimètres de la paroi et cria de toutes ses forces.

— Piteraq, arrête ! Nous voulons te parler !

La puissante main d'Enok empoigna son anorak et il la ramena dos à la paroi.

— Tu es folle ! Elle va te faire voler jusqu'en Islande.

— Crie-lui, toi, dans ta langue, qu'on veut lui parler.

— Non ! Lui parler lorsqu'elle est un corbeau, d'accord, mais en forme de vent furieux, c'est de la folie ! Il faut attendre qu'elle veuille nous parler.

— Mais la paroi disparaît !

Sur ces mots, le reste de la paroi se craquela et s'envola en miettes. Les quatre amis furent violemment poussés par la bourrasque. Éva, furieuse, reconstruit sans délai une paroi de glace en regroupant l'eau contenue dans la neige qui volait, et que le vent refaisait geler. Ils se réfugièrent derrière cette construction improvisée. Enok regardait avec étonnement la jeune fille responsable de cet exploit.

Piteraq se calma quelques secondes, intriguée par le phénomène, mais recommença bientôt de plus belle. Elle les repoussa ainsi jusqu'au bord de l'île, où les neiges étaient fondues pour la période estivale. Ici et là, la toundra verdoyante se faisait recouvrir de neige, balayée par la puissance de Piteraq. Éva érigea une dernière paroi. Enok, toujours ébloui, lui dit craintivement qu'il lui semblait que la fureur du vent ne cessait de croître. Éva se tourna vers Fabian et, d'un regard dur, elle lui lança :

– Fais quelque chose, Fabian ! Toi et moi, nous n'avons pas de problèmes dans l'eau, mais l'Inuit et le chien ne survivront pas.

– Moi ? Je veux bien, mais je n'ai pas tes pouvoirs…

– Sapristi, Fabian, quand cesseras-tu de nier qui tu es ?

– Euh ?

– Ra'bia ! cria Éva, furieuse, en voyant sa paroi se craqueler. Tu es le prince héritier de l'élément terre, avec tous les pouvoirs qui s'y rattachent !

En un éclair, Fabian regarda la paroi, puis le sol, et de la même façon qu'Éva faisait léviter les gouttelettes, il fit léviter les particules de terre, et forma lui aussi une paroi, aussi dure que du granit. Piteraq s'acharna sur l'obstacle, mais il ne bougea pas d'un millimètre.

Le vent cessa et un superbe corbeau blanc se percha près d'eux. Éva sauta dans les bras de son ami et le félicita.

– Je savais que tu l'avais en toi, Fabian. Je veux dire Ra'bia, lui dit-elle en souriant.

– Assez impressionnant ! répondit-il, mû par l'orgueil.

Enok n'en croyait pas ses yeux. Il regardait l'imposant rocher que le jeune garçon avait fabriqué avec de la poussière. Il leva les yeux vers le corbeau et dit en *tunumiutut* :

— Ils veulent vous parler, mademoiselle Piteraq !

Il baissa la tête en signe de respect. Le corbeau se métamorphosa en une élégante jeune fille d'une blancheur immaculée. Ses cheveux, aussi blancs, étaient parsemés de mèches d'un turquoise cristallin qui rappelait celui des icebergs. Ses yeux, presque transparents, telles deux boules de verre, miroitaient et réfléchissaient la couleur de la mer.

— Et que me veulent-ils ? dit-elle d'une voix qui berçait agréablement les oreilles.

ans le Gouffre, les nagas avaient terminé de creuser une énorme fosse pour contenir l'eau du glacier. La chaleur était devenue difficile à supporter. Les soldats de Rama se demandaient combien de temps la population allait survivre à de telles conditions. Le plan de Juan était temporaire, car même le niveau de la fosse augmentait, et le royaume au complet allait finir par être englouti. L'autre solution consistait à évacuer la cité royale et à diriger les populations environnantes vers l'extrême ouest et vers le sud du royaume. Mais cette option ne permettait plus d'agir en cachette des gardes de Ka'al. Le temps était venu d'affronter ces fanatiques pour leur faire entendre raison et s'unir pour sauver la population naga. Juan voulut se joindre au groupe choisi qui allait rencontrer le général et ses gardes, mais le soldat responsable s'y opposa.

– Les gardes de Ka'al ont été conditionnés à haïr les humains et même si tu es en partie naga, ils ne verraient en toi que ton autre nature. Ils considére-raient ta présence comme un affront, expliqua le vieux soldat.

— Je comprends, répondit Juan.

— Moi je vais prendre sa place, lança alors Taraj, au grand désespoir de sa sœur.

Le soldat accepta et le groupe partit vers le château pour accomplir son épineuse mission. Ayla soupira longuement. Juan la regarda et lui fit comprendre que son frère n'était plus un enfant, et qu'il faisait son devoir comme un brave.

— La bravoure ne se manifeste pas toujours comme on le croit ! affirma-t-elle en guise de réponse.

— Que veux-tu dire ? lui demanda-t-il, piqué par la curiosité.

— Les êtres, surtout masculins, croient devoir être braves à tout bout de champ, se lançant aveuglément dans le danger, mais la bravoure se remarque aussi dans les gestes subtils qui, en fin de compte, font toute la différence. Risquer sa vie pour convaincre ces gardes possédés par la haine – et qui ne seront probablement pas d'une grande utilité pour sauver ceux qui comptent, c'est-à-dire la population naga –, ce n'est pas de la bravoure. C'est de la folie.

— Je comprends ! Et toi, sais-tu être brave ?

— Si je m'y vois contrainte, je le suis !

— Tu n'as pas froid aux yeux, alors.

— Je ne suis surtout pas aveuglée par la haine, même si les raisons ne manquent pas.

– Que veux-tu dire ?

– Je suis devenue très protectrice de mon frère, car j'ai dû en prendre soin tout jeune, comme une mère. Notre père était l'un de ceux que Ka'al a accusés de meurtre et de trahison. Mais Taraj et moi savons qu'il est probablement mort en tentant de combattre les vrais traîtres…

– Les disciples de Ka'al !

– Exactement. Ma mère, elle, en est morte de tristesse la même année.

– Je suis désolé, Ayla ! Alors, tu crois que ton frère s'est proposé par haine, et non pas par bravoure ?

– J'espère que non, car notre père ne serait pas vengé en perdant son fils de la même façon !

Juan l'écoutait attentivement, mais un malaise l'envahissait. Il supportait de moins en moins la chaleur intense de l'atmosphère environnante. Ayla le remarqua.

– Juan ? Ça va ?

Mais à ces mots, le jeune homme se sentit défaillir. Ses yeux se révulsèrent, ses jambes flanchèrent et il s'écroula devant la jeune naga apeurée.

– Doux Vishnou ! Juan, parle-moi, lui lança-t-elle en se jetant à ses côtés.

Le jeune homme respirait difficilement. Il rouvrait peu à peu les paupières, tentant de voir la jeune naga qui lui parlait. Une sensation d'intense chaleur parcourait ses veines ; Ayla trouvait cependant qu'il était froid. Somala, qui était non loin, les aperçut et vint les rejoindre.

— Que se passe-t-il, Ayla ?

— Il ne va pas bien du tout, Somala !

— Est-ce la fatigue ?

— Je ne sais pas. Peut-être que sa nature humaine ne tolère pas l'air des profondeurs, ou c'est cette chaleur insupportable.

— Sa situation est plutôt particulière.

— Que veux-tu dire ?

— Je n'ai jamais entendu parler d'un mi-humain, mi-naga auparavant.

— En plus, il l'a appris seulement une fois rendu ici !

— Ah oui ?

— Oui ! Quand il est arrivé chez nous, il avait seulement l'apparence d'un humain. Il ne parlait même pas notre langue.

— Tout ça est bien étrange.

— Nous étions partis libérer Taraj des gardes de Ka'al et Juan est resté coincé dans les donjons, surpris par Ka'al. Le lendemain, il nous revenait ainsi.

— Ka'al l'a laissé partir ?

— Vous avez raison, c'est bien étrange ! Ce n'est pas dans les habitudes de ce vieux fou...

Somala fit signe à une autre naga de venir vers elles. Elle lui demanda un seau rempli d'eau et de quoi éponger le front du jeune homme souffrant. La jeune naga s'exécuta sans tarder. Ayla toucha affectueusement le front du pauvre Juan, qu'elle trouva glacial. Juan murmurait des mots incompréhensibles, et les deux nagas observèrent un curieux phénomène : sa peau brillait d'une étrange poussière d'argent.

— Qu'est-ce que c'est ? demanda Ayla, inquiète, en se retournant vers la vieille naga.

— Hum ! Je ne suis pas certaine de le savoir, fit Somala. Mais je crois que Rama serait grandement intéressé par ce qui se passe.

— Pourquoi donc ?

— Il en connaît plus que le commun des nagas, Ayla.

— Et toi ?

— Je possède quelques connaissances, mais je préfère ne pas m'aventurer sur un terrain qui n'est pas le mien.

— Oh ! Somala. Tu m'inquiètes ! Va-t-il mourir ?

– Je ne crois pas. Mais je crois que tu as raison, il ne peut probablement pas rester ici longtemps.

Ayla scruta le regard de la vieille naga.

– Mais alors quoi, il faut le faire remonter en surface ?

– Il est trop faible.

Ayla se retourna de nouveau vers Juan. Il murmurait toujours des sons incompréhensibles. Elle se pencha près de sa bouche pour tenter de discerner les mots qu'il prononçait.

– C'est l'ange !

– L'ange ?

Somala écouta attentivement leur échange.

– Oui ! Gaëlle ! balbutia Juan, qui semblait souffrir à chaque syllabe.

– Juan, tu es faible. Il vaut mieux que tu ne parles pas, lui conseilla Somala.

Ayla aurait pourtant voulu comprendre ces histoires d'anges. Mais dans le royaume naga, c'étaient des notions plutôt réservées aux sages, ceux qui aspiraient à l'immortalité. Les plus honorables arrivaient à entrevoir un ange au cours de leur longue vie pieuse, qui les mènerait au royaume absolu. Mais pour cela, il fallait faire beaucoup de sacrifices et atteindre l'élévation divine de leur esprit. Les anges ne descendaient pas dans le Gouffre, ils ne pouvaient pas, la densité leur était trop douloureuse.

— Ah ! cria Juan.

— Oh ! Juan ! Tu as mal ? lança Ayla, désespérée de le voir souffrir.

— Je veux…

— Quoi ?

— Retourner maintenant.

— D'accord ! Je t'emmènerai chez toi.

Juan s'efforça d'ouvrir les yeux, lui sourit et susurra :

— C'est de la bravoure ?

— Arrête ! dit-elle en rougissant.

— Ayla ? fit Somala, soucieuse.

— Quoi ? J'ai la force physique pour accomplir un tel voyage. Et si Taraj peut risquer sa vie pour convaincre les gardes de Ka'al, je le peux bien pour sauver celui qui a mis sa vie en danger pour prêter main-forte à notre race !

— Ce n'est pas ce qui m'inquiète, Ayla. Je sais que la force du cœur d'une naga est monumentale, mais ce jeune homme doit apprivoiser sa nouvelle nature amphibie avant de s'aventurer dans un tel périple. Or, il est trop faible.

— Alors, qu'on lui apporte de la liqueur d'escargot et il pourra s'exercer dans la fosse que nous venons de creuser.

— Voilà un raisonnement digne de ton intelligence, Ayla, lança la vieille naga en guise de félicitations.

Juan ne cessait de penser à la liqueur d'escargot, qui ne lui mettait pas vraiment l'eau à la bouche. Tout le temps qu'il avait creusé la fosse avec les nagas, ceux-ci s'étaient rassasiés de ce liquide revigorant, mais lui, il l'avait refusé à tout coup, craignant son goût. L'autre jeune naga courut chercher le breuvage et le tendit à Ayla qui l'offrit à Juan. Le jeune homme fit savoir, d'un geste brusque, qu'il refusait.

— Juan ! Ça suffit, tu veux crever ici ? lui lança son amie.

— D'accord, je vais être brave, répondit-il avec peine.

Elle lui sourit et lui versa le liquide directement dans la bouche. Il l'avala avec dégoût et se souvint du goût amer qu'il avait eu dans la gorge quand il s'était réveillé chez ses sauveteurs, après sa chute du Sneffel. L'effet fut instantané. Il sentit qu'il reprenait des forces et put s'asseoir sans difficulté.

— Merci ! C'est vraiment efficace !

— Bon, au moins, tu as cette particularité des nagas, dit Ayla en se levant et en lui présentant la main pour l'aider à se lever.

Il posa sa main dans la sienne, qu'elle repoussa subitement, apeurée par la sensation glaciale qui lui parcourut le corps au toucher de la peau de Juan, qui brillait toujours. Il eut la même réaction, mais causée de son côté par l'intense chaleur qui se dégageait de la main de la jeune naga. Puis, la peau du jeune homme perdit sa brillance mystérieuse. Gênée de sa réaction, Ayla lui proposa de nouveau sa main et Juan l'accepta, mais ils ne sentirent rien. Ils se sourirent discrètement, intimidés.

– Bon ! Viens, je vais t'apprendre à respirer sous l'eau, dit subitement la jeune naga.

– D'accord ! Allons-y !

Ils se rendirent près de la fosse. Ayla toucha l'eau et remarqua qu'elle était bien plus fraîche que l'air ambiant.

– Parfait ! L'eau est excellente ! dit-elle en plongeant.

Elle ressortit la tête et invita Juan à la suivre. Il lui obéit.

– Bon, je ne suis pas certaine que la respiration sous l'eau s'enseigne vraiment. Nous, les nagas, quand nous atteignons l'âge d'aller sous l'eau, nos parents nous disent tout simplement de laisser la respiration aquatique prendre le dessus, et ça se fait un peu instinctivement. Alors, tout ce que je peux faire, c'est de te dire de ne pas paniquer. Reste détendu et ça viendra, d'accord ?

— Alors, il n'en tient qu'à moi ?

— C'est cela !

Elle plongea, il l'imita, mais il retenait son souffle et lorsqu'il sentit qu'il devait respirer, il refit surface. Elle le suivit. Ils recommencèrent plusieurs fois, toujours sans succès. Ça faisait vingt ans que Juan croyait qu'il pouvait se noyer en tentant de respirer sous l'eau. Ayla commençait à perdre espoir.

— Je t'en prie, Juan, fais-moi confiance !

— Je suis désolé, Ayla ! Je n'y arrive pas.

Ils replongèrent. Lorsqu'Ayla sentit qu'il allait remonter, elle le prit par le bras de ses deux mains, et le fixa intensément. Il la regarda, inquiet. Elle l'empêchait vraiment de toutes ses forces de remonter.

— Ayla, laisse-moi, j'étouffe ! lui cria-t-il.

— Ah oui ? lui dit-elle en le relâchant.

Il avait parlé sous l'eau. Il respirait. Il avait réussi. Il ne savait pas comment il y était arrivé ; elle l'avait obligé à accepter cet attribut naga.

— Tu m'as fait peur.

— Crois-tu vraiment que je te ferais le moindre mal ? rétorqua-t-elle en le regardant avec tendresse.

— Non ! répliqua-t-il.

Il le savait bien. C'était quelque chose qu'il sentait si fort qu'il commençait à en être bouleversé, quelque chose de différent de ce qu'il éprouvait pour Elena, et étrangement, il ne se sentait pas coupable. C'était quelque chose qui ne se sentait pas souvent en surface. Elena, il l'aimait. Ayla, c'était un lien étrange.

— Est-ce qu'il s'agit de nos âmes ? murmura-t-il.

Ils remontèrent. Les nagas qui les avaient regardés applaudirent le nouvel initié. Juan rougit et les remercia timidement. Maintenant, il était prêt, et de plus, il devait partir avant de se sentir de nouveau faible.

Ils prirent des réserves de liqueur et partirent vers l'ouest pour se rendre à l'une des sorties du royaume.

— Tu es certaine de vouloir venir avec moi ? demanda une dernière fois le jeune homme, gêné.

— Tu le sais, Juan, je te suivrais jusqu'au firmament s'il le fallait !

Il lui sourit timidement et ne la questionna plus.

e colonel John North avait l'impression d'avoir un nœud dans la gorge ; il répéta, à la demande du président des États-Unis, la phrase qu'il venait de marmonner, tentant de faire passer les événements, pour une seconde fois, comme étant anodins. Ils s'apprêtaient à entrer dans une salle où se trouvaient une trentaine de dirigeants de différents pays, réunis pour discuter du problème des volcans de la dorsale médio-atlantique.

— Nous avons déjà fait quelques essais du rayon à très haute fréquence, et nous croyons vraiment que l'on pourrait arrêter les volcans en activité en augmentant les fréquences et en les faisant varier avec exactitude.

— Vous avez quoi ?

— Écoutez, monsieur le président, ce n'est pas le moment ni le lieu pour disserter sur le sujet...

Le président le regarda longuement.

— Vous essayez de me dire que vous avez agi sans mon autorisation et hors des procédures légales, mais que ce n'est pas important, mon colonel ?

– Vu les circonstances, oui.

– Vous croyez-vous au-dessus de la loi ?

– Non, mais entre vous et moi, si l'armée et les scientifiques attendaient toujours les autorisations présidentielles, serions-nous vraiment la plus grande puissance ?

– Où se sont produits ces essais ?

Le colonel baissa les yeux et répondit qu'il avait fait quelques essais aux îles Galápagos.

– Quoi ? s'écria le président. Les gens présents dans la salle où ils venaient de pénétrer les regardèrent, étonnés. Vous êtes cinglé ? ajouta-t-il d'une voix feutrée.

– Il fallait bien l'essayer dans un coin perdu de la planète !

– C'est à cause de gens comme vous que des pays entiers nous détestent et souhaitent notre déclin, lui lança-t-il en le foudroyant d'un regard hargneux.

– N'empêche que nous avons probablement en main l'outil qui nous permettra de sauver la planète !

– Si ce n'est pas ce qui l'a mise en danger au départ !

Ils s'assirent autour de la grande table de conférence, imités par les autres dirigeants.

La réunion fut très mouvementée. La plupart des chefs étaient accompagnés par les meilleurs scientifiques de leur pays respectif. Tous et chacun avaient des chiffres et des théories sur la catastrophe imminente. Après de longues heures de palabres, le président se pencha vers le colonel et murmura à son oreille :

— Ce dont vous m'avez parlé, concernant votre rayon, est-ce réel ?

— Oui, monsieur le président. Nos scientifiques sont convaincus qu'ils pourraient influencer les volcans et les empêcher d'entrer en éruption.

— C'est notre seule chance ?

— Oui.

Le président prit donc la parole et expliqua à ses homologues que son pays pourrait agir. Il demanda au colonel d'expliquer ce qu'il pouvait faire.

Lorsque le colonel eut terminé son explication, il fut bombardé de questions.

***

Pendant ce temps, sur la côte est du Groenland, Éva, Fabian et Piteraq avaient fait connaissance. Les deux amis avaient appris que, tout comme eux, Piteraq était orpheline. Enok s'était retiré un peu plus loin avec son chien pour laisser les trois adolescents discuter ; Piteraq parlait aisément l'islandais.

— Laissons les esprits de la nature dialoguer, avait-il simplement marmonné à Nanok, qui lui avait répondu par l'un de ses fameux grognements amicaux.

Éva et Fabian expliquaient maintenant à Piteraq la raison de leur venue. La jeune fille, qui posait son regard profond dans le leur, écoutait sans mot dire.

— Les volcans vont cracher leur lave d'une minute à l'autre et Micaëlle, l'ange, nous dit qu'ensemble, nous trois, nous pouvons les en empêcher, expliqua Éva.

— Un ange ? souffla Piteraq.

— Oui, tu n'en as jamais vu ?

— Oh ! que si ! s'exclama-t-elle sur un ton étrange.

Fabian et Éva échangèrent un regard interrogateur, mais la jeune fille feignit de ne pas comprendre leur questionnement. Fabian entama le récit à propos de Ka'al, sous le puissant regard de la magnifique adolescente. Il était intimidé par les yeux de cette dernière, ce que remarqua Éva, qui s'en amusa. Lorsqu'il eut terminé, Piteraq soupira profondément.

— Vous croyez vraiment que Ka'al est responsable ?

— Que veux-tu dire ?

— Je crois que vous n'avez que la partie de l'histoire qu'on a bien voulu vous raconter !

— Je ne comprends pas, lança Éva.

– Micaëlle, c'est bien cela, son nom ? C'est elle qui vous a dit que Ka'al voulait dominer la Terre ?

– Entre autres ! répondit Fabian. Il a tué mes parents pour faire ce qu'il veut de mon élément. Je ne doute aucunement de ses vilaines intentions ! rétorqua le jeune garçon, ému.

– Je ne doute pas non plus que ses intentions soient viles ! Mais ses motifs sont peut-être différents que ceux que vous avancez.

– Piteraq, peux-tu être plus claire, je t'en prie ? lança Éva, déboussolée.

– Évidemment que je le peux, mais est-ce que je le veux…

– Pourquoi ? Tu ne nous fais pas confiance ? demanda Fabian offusqué.

– À vous, oui. C'est une des choses que je lis facilement dans les yeux des gens, lui répondit-elle en souriant, ce qui le fit rougir.

– Alors, qui crains-tu ? lui demanda Éva.

– Vous savez, lorsqu'on est un coup de vent, on peut en voir ou en entendre des choses en soufflant par-ci, par-là.

– Et qu'as-tu appris ?

– Moi, pas grand-chose, mais mes parents, eux, avant leur mort, m'ont rendue méfiante.

— Tu te méfies de quoi ? demanda Éva.

— Ou de qui ? ajouta Fabian.

— Exactement !

— Les anges ? s'étonna Éva.

— Chut ! Écoutez, murmura-t-elle de sa voix ensorcelante. Vous devez savoir que nous, au royaume des sylphes, nous sommes à la porte du royaume mystérieux des anges. Nous aspirons souvent à leur ressembler, car ils affichent une certaine forme de divinité et nous pouvons flotter, comme eux. Oui, comme vous, nous les croyions infaillibles et saints !

— Et ils ne le sont pas ? la questionna Éva.

— Des histoires d'anges déchus, il en existe plus qu'une, et elles sont connues dans tous les royaumes de cette Terre.

— Mais ce ne sont que de rares exceptions, fit Fabian.

— En effet, je ne suis pas en train de vous dire que les anges sont des monstres. Au contraire, je vous dis qu'étant donné qu'ils sont si parfaits, nous oublions facilement qu'il peut y en avoir qui soient corrompus.

Elle regarda autour d'eux, inquiète, et toujours à voix basse, continua :

— Ce fut très difficile pour mes parents d'accepter ce qu'ils avaient vu et entendu. Ils s'assurèrent de vérifier l'information et me racontèrent l'histoire avant leur mort.

– Que tentes-tu de nous dire ? murmura Éva.

– Que l'histoire de Ka'al, je la connais, mais dans une autre version.

– Balivernes ! Ka'al est un monstre et rien de ce que tu pourras m'apprendre à son sujet ne me convaincra du contraire, lança Fabian furieux.

– Chut ! fit Piteraq en le foudroyant d'un regard qui lui glaça le sang. Ka'al est responsable de ses actes, je n'essaie pas de vous convaincre du contraire, sauf qu'il y a été poussé avec mesquinerie et qu'il n'a jamais souhaité dominer la Terre.

– Que cherche-t-il, alors ? demanda Éva, intriguée.

– La vengeance !

– Comment ?

– Il compte détruire les royaumes élémentaires et transformer la Terre en forge de l'Enfer, ce qui serait insoutenable pour la plupart des êtres, mais surtout pour les anges.

– Pourquoi désire-t-il cela ?

– Parce qu'il croit pouvoir faire payer la responsable de son malheur.

– Qui ?

– L'ange la plus déchue de toutes les histoires d'anges déchus, répondit Piteraq d'une voix quasi imperceptible. Puis, elle souffla la neige sur le sol et les deux adolescents purent à peine lire le mot « Gaëlle », avant qu'elle ne le fasse disparaître d'un autre souffle. La jeune fille regarda autour de nouveau.

— Et tes parents auraient vu ce qui est à l'origine de cette histoire ?

— Oui ! Mais les anges ne veulent surtout pas que ce récit se sache ! Ka'al, lui, ne s'arrêtera pas avant d'avoir vu de ses yeux l'ange périr dans la chaleur d'un feu intense, mais le vieux sage se fait encore une fois jouer dans le dos.

— Quoi ? s'exclamèrent les deux adolescents.

— En se vengeant, il ne fait qu'obéir aux aspirations sataniques de l'ange corrompu.

— Alors là, je suis perdue !

— Je ne peux pas tout vous expliquer, car les anges sauraient que je connais l'histoire.

— Et ils ne le savent pas déjà ?

— Non, car mes parents ont été prudents. Ils me l'ont transmise par paraboles et je l'ai comprise au fil des ans.

— Et pourquoi les anges ne font-ils rien au sujet de Ka'al ? Pourquoi laissent-ils « tu sais qui » le manipuler ? demanda Fabian, troublé.

— Ils ont réglé le problème à la source, croient-ils. La responsable a perdu ses pouvoirs et ne fait plus partie de la collectivité.

— Mais alors, comment fait-elle pour manipuler Ka'al ?

— Elle s'est assurée qu'il la déteste, au point de vouloir se venger, après lui avoir appris le fonctionnement des royaumes élémentaires et de leur équilibre, ce que peu d'êtres connaissent.

— Et comment s'en est-elle assurée ?

— En lui promettant d'obtenir la chose la plus précieuse aux yeux du vieux sage d'une certaine façon, mais qui était au contraire une façon de la perdre à tout jamais.

— Je n'y comprends rien ! Pourquoi ne peux-tu pas vraiment nous raconter l'histoire ? Que te feront-ils, s'ils le savent ? demanda Éva, exaspérée.

— Les anges peuvent modifier la mémoire de tous les êtres, comme ils le font pour la vision des humains.

— Que veux-tu dire ? Que font-ils avec la vision des humains ? lança Éva.

— Les humains ne voient pas les êtres élémentaires comme nous, car les anges brouillent leur vision.

— Je croyais que les humains ne nous voyaient pas en raison de leur fermeture d'esprit ? fit Éva.

— Oui, moi aussi ! ajouta Fabian.

— C'est une façon pour les anges d'expliquer la chose !

En Californie, où avait lieu la réunion des dirigeants, le colonel John North avait répondu aux questions des gens présents, esquivant stratégiquement les attaques de certains. Il avait réussi à vendre sa salade, malgré les effets nocifs possibles de l'utilisation du rayon à un tel niveau de fréquences pendant un temps indéterminé.

— Mais à quoi pouvons-nous vraiment nous attendre comme effets indésirables ? demanda le président de la France.

— La perte des communications par ondes. Nos appareils les plus sophistiqués seront inutilisables, répondit simplement le colonel.

— Et quoi d'autre ?

— Certains humains sont affectés par certaines fréquences.

— Qui ?

— Les jeunes garçons.

— Et de quelle façon sont-ils affectés ?

— Leur comportement peut devenir étrange.

— Étrange ?

— Un peu comme de l'autisme…

— Vous n'êtes pas sérieux, j'espère ?

— Ça peut sembler alarmant, mais songez aux répercussions qu'aurait l'éruption des volcans !

Des millions de morts et la redéfinition complète des continents du globe. C'est un moindre prix ! La vie avant tout, non ? Nous ne sommes pas certains de l'ampleur des dégâts en terme de vies humaines... mais pour que nous ayons une qualité de vie, il est nécessaire d'avoir une planète qui nous héberge...

Le silence plana dans la salle. La décision devait se prendre rapidement et c'était ici et maintenant qu'elle serait prise.

CHAPITRE XX

Anavar et Vesta sentirent le sol trembler sous leurs pieds. Il menaçait de s'ouvrir et libérer les entrailles de la planète. Les parois du royaume se désagrégeaient devant eux.

– Ça ne sera pas bien long ! cria Vesta à son ami.

– Nous ne pouvons rien faire de plus ici, Vesta !

– Non, je le sais, Anavar, es-tu prêt pour le long voyage ?

– Je le crois bien, mais es-tu certaine que je pourrai faire tout ce dont tu m'as parlé ?

– Bien sûr ! Ce sont les pouvoirs que mon oncle Phaïno a toujours possédés. Nous voyagerons en flamme jusqu'à ce que tu puisses devenir lave et me transporter avec toi, comme mon oncle l'a déjà fait lorsqu'il est venu me chercher chez moi lors du décès de mes parents.

– D'accord, montre-moi le chemin, répondit Anavar en s'enflammant.

Vesta l'imita et sa flamme indigo sillonna les corridors du royaume pour se rendre jusqu'à la caldera du volcan de son oncle. Anavar la suivait.

En surface, les tremblements de terre se firent sentir aux Açores et en Islande. Eirik et Fabianna, avec leurs nouveaux amis, attendaient avec angoisse, ignorant si les deux adolescents partis en mission pouvaient vraiment changer le destin de la Terre.

En Californie, l'activité sismique, dans les régions volcaniques impliquées, fut décrite aux dirigeants qui discutaient toujours. La pression augmentait ; ils allaient devoir prendre une décision illico. L'enjeu était énorme et le temps était considérablement trop court.

Au Groenland, les trois amis discutaient toujours. Ce que Piteraq avait appris aux deux autres, au sujet des anges, les troublait. Soudainement, les yeux de Fabian se figèrent d'effroi.

— Ah ! s'écria-t-il.

— Qu'y a-t-il, Fabian ? demanda Éva, inquiète.

— La terre tremble au loin !

— Tu crois que ça a commencé ?

– Je le sens dans mon ventre, le sol veut s'ouvrir ! C'est comme si on voulait m'arracher les entrailles !

– Qu'allons-nous faire ? Nous aideras-tu, Piteraq ? demanda Éva.

– Oui ! Je vous aiderai, mais Ka'al ne s'arrêtera pas là ! Il faudra affronter l'ennemi, le vrai, et les anges devront nous aider, que ça leur plaise ou non !

– Espérons qu'il ne soit pas trop tard ! soupira Fabian.

À cet instant, des ondes intenses emplirent l'atmosphère environnante. C'était bien plus fort que toutes celles que Fabian et Éva avaient senties auparavant aux îles et en Islande.

– Qu'est-ce ? demanda Piteraq.

– Le rayon de la mort ! répondirent les deux adolescents, indisposés par ces ondes artificielles.

– Le colonel John North n'a toujours pas compris ! ajouta Fabian.

– Ils doivent tenter d'influencer les volcans pour sauver leur peau ! lança Éva.

Piteraq se transforma en corbeau et lâcha un croassement désespéré, irritée par les fréquences qui lui traversaient le corps. Enok et Nanok regardaient la scène. Le jeune Inuit était intrigué par le changement de ton dans l'échange des trois jeunes, qu'il observait du coin de l'œil depuis le début. Il ne vit rien de ce qui suivit, cependant ; les particules de Micaëlle échouèrent près d'Éva à la vitesse d'une étoile filante. Les trois héritiers princiers se figèrent en la voyant. Piteraq redevint la belle adolescente qu'elle était quelques secondes auparavant. L'ange tenta tant bien que mal de prendre sa forme habituelle, mais sa silhouette semblait se désintégrer.

— Micaëlle ? lança Éva.

— Éva, les humains s'y sont remis !

— Je sais !

— Mais l'intensité est atroce, l'ionosphère va se désagréger en poussière à ce rythme-là. Les anges ne pourront pas survivre…

Éva regarda l'image désolante de l'ange en souffrance flottant difficilement devant elle.

— Tu dois les arrêter ! Tu es la seule à pouvoir le faire !

— Ces fréquences synthétiques sont douloureuses pour moi également, mais je ne peux pas, Micaëlle, répondit la jeune ondine avec assurance, à l'étonnement des autres.

— Pourquoi ?

— Pas sans savoir pourquoi je devrais le faire.

— Éva ? Je ne comprends pas... laissa tomber l'ange qui était trop faible pour lire les pensées de la jeune fille.

Piteraq regarda la jeune ondine ; elle comprit ce qu'Éva s'apprêtait à faire. Il était possible de marchander avec tous les êtres ; les anges étaient probablement les créatures les plus difficiles à faire chanter. Mais la jeune ondine s'apprêtait à la prendre dans ses filets.

– Dis-moi, Fabian, les tremblements ont-ils cessé ? demanda Éva.

– Oui, en effet !

– Alors, Micaëlle, si l'arme des Américains règle le problème des volcans, pour quelle raison, à part l'irritation qu'ils nous causent, devrais-je les arrêter ?

– Mais parce que notre royaume protège la planète !

– Le protège-t-il vraiment ?

– Éva ?

– Micaëlle, qui est Gaëlle ?

Les particules d'argent de l'être vibrèrent d'effroi, révélant l'anxiété qu'éprouvait l'ange, qui ne réussit même pas à répondre à la jeune fille.

– Micaëlle ? Je crois que les anges me doivent des explications s'ils veulent que j'arrête les ondes ! Tu m'as parlé de deux ennemis, les humains avec leur arme à haute fréquence, puis de Ka'al, mais tu as omis intentionnellement de me parler de Gaëlle.

— Non, Éva ! Gaëlle n'est plus un danger…

— Oh ! Oui, elle l'est encore. Son plan fonctionne, comme elle l'avait prévu ! affirma avec furie la jeune Piteraq malgré elle.

Micaëlle la regarda, intriguée, puis elle se remémora l'étrange sensation dans le ciel de l'Alaska, comme si l'ange déchu avait usé du peu de pouvoir qu'il lui restait.

— Micaëlle, tu sais quelque chose ?

— Je ne peux pas, Éva ! La collectivité…

— Je m'en fiche, Micaëlle, de la collectivité. Vous ne gagnerez pas ma confiance avec vos secrets !

— Éva, je t'en prie, répondit l'ange en devenant semblable à la mère de la jeune fille.

Les yeux d'Éva virèrent au jaune et Micaëlle réalisa qu'elle avait un peu poussé la note ; elle était au désespoir.

— Non ! Micaëlle, je veux savoir.

— Vous ne comprenez pas ; Gaëlle, c'est douloureux pour nous. Son histoire a blessé chacun des êtres de la collectivité, le chaos a failli nous tuer.

À cet instant, Enok s'écria :

— Doux Esprits ! Le ciel nous tombe dessus !

Les trois adolescents regardèrent les millions d'étoiles filantes qui prenaient d'assaut le ciel.

Elles finirent leur trajectoire auprès de l'ange qui s'évapora également en poussières d'argent, entourant les adolescents. Ces derniers se regardèrent, inquiets.

— Le temps presse ! dit une voix masculine. Nous aideras-tu, Éva ?

La jeune ondine regarda toutes ces étincelles d'argent flotter près d'elle. Elle aurait voulu céder à la peur, mais elle ne pouvait pas faire demi-tour simplement comme cela.

— Seulement si vous m'assurez que vous me direz la vérité au sujet de Gaëlle !

Les particules vibrèrent avec frénésie, comme celles de Micaëlle plus tôt. Le silence devint lourd ; le temps, l'air, tout semblait latent. Puis, la réponse vint finalement.

— Tu as la parole de la collectivité. L'histoire de cet être te sera transmise, avec tout ce que ça implique ! À toi et tes deux amis.

— Tout ce que ça implique ? demanda Éva, perplexe.

— Les sentiments puissants engendrés par cette horrible histoire s'imprégneront dans vos particules, même si nous ne souhaitions pas cela pour vous. Mais étant donné que tu l'exiges, nous croyons qu'au fond, tu dois, et tes amis aussi, avoir un rôle à jouer dans le dénouement de cette histoire. Nous ne savons pas tout et nous ne sommes pas parfaits !

Éva regarda Fabian qui comprit qu'elle attendait son consentement, il hocha solennellement la tête. La jeune fille se tourna vers l'autre adolescente, qui imita le geste du jeune garçon.

— Alors, d'accord ! Je vais arrêter les ondes, puis, nous nous occuperons de la menace qui plane sur notre planète !

— Compris ! Anavar aussi devra recevoir l'histoire de Gaëlle, mais nous ne pouvons pas le forcer, ajouta la voix.

— Anavar ? s'exclama Fabian malgré lui. C'est le fils de Ka'al, je jouais avec lui quand j'étais enfant. Qu'a-t-il à voir avec tout ça ?

— Vous le saurez bien assez vite ! Maintenant, le temps presse ! Transformez-vous en vos éléments, car nous vous transporterons aux Açores avec les dernières forces de nos particules toutes réunies. Ainsi, Éva pourra arrêter la destruction de l'ionosphère. Ensuite, il vous faudra rééquilibrer les éléments que le plan de Ka'al a perturbés.

Éva alla retrouver Enok pour le remercier et le saluer, ses deux amis la suivirent.

— Merci, Enok ! Nous devons partir, maintenant !

— Est-ce que tout va bien ?

— Oui, nous devrions pouvoir réussir notre mission.

– Que mère Nature vous garde !

– Merci ! Au revoir, Nanok, lança Éva en se tournant de nouveau vers les particules d'argent. Le chien lui répondit par l'un de ses grognements amicaux.

Piteraq s'envola en petite brise. Éva se métamorphosa en une sphère d'eau, que la jeune princesse de l'air fit orbiter dans les airs. Fabian, lui se désintégra en poussière, que Piteraq emporta d'un coup de vent, en le faisant tourbillonner comme une tornade, près de la sphère d'eau.

– Bon ! Ils sont prêts. Allons-y ! lança la voix de la collectivité.

Les trois éléments filèrent vers les Açores, encerclés des millions de particules d'anges qui perdaient de leur force en raison des ondes synthétiques du rayon de la mort qui mitraillait leur royaume de ses fréquences.

Enok caressa la tête de son chien en regardant l'étrange phénomène disparaître à l'horizon.

– Viens, rentrons Nanok, nous avons fait une bonne chose aujourd'hui, grand-mère sera contente !

ans le Gouffre, les soldats de Rama avaient été faits prisonniers par les gardes de Ka'al, qui n'avaient rien voulu entendre des explications des traîtres nagas. Taraj avait, lui, réussi à s'échapper à temps et s'était rendu à l'est pour prévenir ceux qui étaient restés là-bas afin de faire évacuer le royaume vers l'ouest. Il fut consterné par ce qu'il apprit de la bouche de Somala au sujet de sa sœur et de leur ami Juan.

— Mais pourquoi, est-elle partie ? C'est de la folie, s'était-il écrié, peiné.

— Ne t'en fais pas, Taraj, ta sœur est brillante, lui avait dit la vieille naga pour le consoler.

— Oui, mais c'est aussi un trop grand cœur ! J'ai peur qu'elle perde la tête…

— Le cœur n'est pas facile à faire taire, en effet, mais toi, tu dois nous aider, ici, jeune naga ; ta sœur peut se débrouiller toute seule !

Le groupe de nagas commença à évacuer les lieux peu de temps après ; chacun tentait de prévenir le plus de gens possible sur son chemin.

Ayla et Juan avaient pris le chemin du royaume qui se rendait au sud-ouest, où se trouvait une porte donnant sur l'océan Pacifique, non loin de l'emplacement des îles Galápagos, celle-là même qu'avait empruntée le prince Ra'bia en fuyant, quelques années auparavant. Le chemin était long et épuisant, surtout pour Juan, qui ressentait encore d'étranges troubles physiques. La jeune naga s'inquiétait de plus en plus du mystérieux phénomène dont le jeune mi-naga, mi-humain semblait souffrir. Ils s'arrêtèrent à maintes reprises pour qu'il reprenne des forces.

L'amas de particules argentées, arrivé aux Açores, déposa les trois éléments au sommet du mont Pico, le point culminant des îles. Les trois amis y reprirent leur forme habituelle. Les anges avaient épuisé leurs dernières énergies. Éva entama son chant mélodieux, jusqu'à ce que les ondes cessent.

Micaëlle prit sa forme habituelle, puis au nom de la collectivité, remercia la jeune ondine.

— Nous devons aller réparer notre royaume au plus vite, car il s'effrite. Nous tiendrons notre promesse. Il vous suffit d'arrêter le plan de Ka'al et la planète survivra.

Les particules d'argent filèrent jusqu'au firmament comme des étincelles. Les trois adolescents les regardèrent disparaître.

– C'est bien beau, mais comment on l'arrête, nous, le plan de Ka'al ? demanda Fabian.

À cet instant, il recommença à sentir les tremblements de terre intensément.

– Ah, c'est douloureux, ça !

– Je ne sais pas comment on arrête cela, mais je crois bien que nous n'avons pas beaucoup de temps, ajouta Éva en regardant, d'un air attristé, son ami malmené par les séismes.

En Islande, où les grognements du volcan se faisaient entendre sur l'île entière, Eirik et Fabianna furent témoins d'un étrange phénomène. Devant eux, les deux nagas prirent leur forme réelle. En raison de l'intense bouleversement causé à leur royaume, les anges avaient laissé tomber le voile de vision qu'ils maintenaient devant les yeux des êtres humains. Les deux scientifiques se regardèrent, sceptiques.

– Tu vois ce que je vois ? demanda Fabianna d'une voix fébrile.

– J'ai bien peur que oui ! répondit Eirik, ne dissimulant point sa surprise.

Les deux nagas remarquèrent ce regard différent, sans comprendre ce qui se passait. Eirik les pointa, puis pointa ses yeux.

– Que se passe-t-il, Rama ? demanda Saka, inquiet.

– Je crois qu'ils nous voient comme nous sommes.

– Comment est-ce possible ?

– Je ne sais pas, ce doit être l'œuvre des anges !

– Et c'est un bon signe ?

– Je l'ignore ! J'ai peur que non. Rien qu'à entendre le volcan, je doute que nos amis réussissent !

Du haut de leur sommet, les trois adolescents entendirent la terre vrombir.

– Ça y est, cria Fabian. La Terre s'ouvre comme une noix, les volcans vont sortir de l'eau. Éva, tu dois maîtriser l'océan si tu ne veux pas qu'il se déverse sur les côtes, lança-t-il, désespéré et affaibli par le déchirement qu'il sentait dans tout son corps.

Il s'écroula, souffrant, devant ses deux amies.

– Piteraq, peux-tu me faire flotter dans les airs ? demanda Éva en tentant de relever son ami qui se tordait de douleur.

— Je crois bien que oui !

— Je veux être à une bonne hauteur pour contenir les eaux de l'océan.

— Tu le pourras ?

— Oui, si je peux augmenter le volume de l'eau, je peux également le réduire !

— Laissez-moi et allez arrêter ce plan satanique ! lança difficilement Fabian.

Piteraq se transforma en vent et souffla sur Éva, la faisant s'élever de plus en plus haut dans le ciel. La jeune fille disparut du champ de vision de Fabian, qui ne sentit plus la brise. Dans le ciel, Éva pouvait voir l'océan qui bougeait. Flottant debout dans le ciel comme un oiseau planant dans le vent, elle se concentra sur chacune des gouttes formant la masse d'eau. Les trois volcans de la dorsale se mirent à cracher la lave provenant des entrailles de la Terre et firent bouger les plaques tectoniques. La chaîne montagneuse océanique se mit à surgir du fond de l'océan, mais l'eau, qui aurait dû se répandre sur les continents de part et d'autre de la dorsale, se mit à flotter verticalement, comme deux épais murs vitrés. Éva dut combattre la douleur qu'un tel geste lui occasionnait. Elle sentit tous les êtres marins qui souffraient, ceux qui n'avaient pas succombé à la température de l'eau des derniers jours. Piteraq continuait à souffler sur elle malgré l'insupportable chaleur qui se dégageait des volcans actifs. La chaîne s'éleva à son maximum, la terre cessa de trembler et

Éva put laisser l'eau de l'océan reprendre sa place, en diminuant son volume. Les volcans, eux, ne cessèrent pas leur activité. Ils crachaient de la lave bouillonnante sur les pentes des montagnes et causaient des nuages noirs de cendres qui cachaient le ciel.

— Piteraq ! Tu dois refroidir l'air et la terre de ton vent glacial. Fabian va mourir, dans cette chaleur.

En effet, sur le sommet enneigé du mont Pico, la neige avait fondu et le jeune prince était terriblement affecté par le déchirement terrestre. Il avait perdu connaissance. Piteraq n'attendit pas un instant de plus. Elle souffla le plus violent et le plus glacial ouragan qu'elle eut jamais produit, tout en continuant de souffler sur l'ondine pour qu'elle ne chute pas du ciel. Éva, elle, parsema le souffle de son amie d'infinies gouttelettes d'eau qui se transformèrent en neige, recouvrant de blanc la chaîne montagneuse sous elles. Puis, les volcans cessèrent brusquement. Un dernier crachat de lave sortit du volcan des Açores, comme une vilaine toux. Puis, plus rien. Piteraq et Éva virent, dans ce dernier jet, deux étranges lueurs, l'une orange et l'autre indigo, sillonner la lave et disparaître, volatilisés. Les deux princesses redescendirent en trombe pour retrouver leur ami sur le sommet du mont Pico. Le corps du jeune garçon était recouvert de neige. Piteraq souffla doucement sur le sommet pour le retrouver. Il gisait sans connaissance. Éva le secoua doucement, inquiète. Elle passa son bras derrière le cou de l'adolescent, le releva tranquillement, mais la tête de Fabian tombait vers l'arrière.

— Fabian, réponds-moi !

— Est-il…

— Non ! coupa Éva sèchement en faisant couler de l'eau venant de nulle part sur les lèvres du jeune garçon.

Piteraq la regarda jalousement prendre soin de Fabian. Le garçon ouvrit les yeux, rassasié par cette eau fraîche que son amie lui déversait dans la bouche.

— Vous êtes de retour ? demanda simplement le garçon.

— Oh ! Fabian, tu m'as donné une de ces frousses ! lui cria Éva en le serrant dans ses bras de toutes ses forces.

Piteraq sentit un pincement au cœur.

— C'est vrai, Fabian ! Tu n'as pas le droit de nous faire peur ainsi, balbutia-t-elle pour dissimuler sa jalousie.

— C'est fini, n'est-ce pas ? Du moins, je n'ai plus aussi mal.

— Oui, la dorsale a émergé des eaux et Piteraq l'a refroidie. Tu devrais voir ça d'en haut, c'est de toute beauté, surtout qu'elle est toute recouverte de neige blanche, ça a un certain charme !

— Et l'océan ? A-t-il englouti les continents ?

— Non !

— Tu as réussi, Éva, tu as sauvé les humains !

— Veux-tu voir le résultat ? demanda Piteraq à Fabian.

— J'aimerais bien.

Elle se transforma en brise et le souleva pour qu'il puisse voir le nouveau visage de la planète. Les continents avaient été épargnés des inondations, mais les tremblements de terre causés par le mouvement des plaques tectoniques avaient été considérables un peu partout. Au Gouffre, le glacier avait fondu vertigineusement, provoquant le débordement de la fosse creusée par les soldats de Rama, mais l'inondation avait été de très courte durée, car la partie est du royaume avait été surélevée par l'émergence du plancher océanique dans la région de la dorsale. Des nagas se trouvaient présentement exposés à la surface, tentant tant bien que mal de se remettre de l'éprouvante catastrophe.

***

Les humains, eux, ignoraient presque totalement ce qui s'était produit, car ils étaient privés de leurs moyens de communication. Ils n'avaient ni images satellites ni informations concernant les événements.

Les villes touchées par les séismes avaient subi quelques pertes, mais le bilan était meilleur que celui qu'on aurait pu prévoir.

Redescendu, Fabian les questionna sur les volcans.

— Celui des Açores semble s'être éteint...

— En effet, nous l'avons vu déverser une dernière coulée de lave, expliqua Éva.

— Mais une étrange lueur s'en est dégagée, ajouta Piteraq, qui échangea un regard avec Éva.

— Tu l'as vue aussi ? demanda cette dernière.

— Oui, c'était intrigant.

— Que voulez-vous dire ?

— C'étaient deux flammes de couleurs différentes, sorties de la dernière explosion du volcan pour disparaître lors du refroidissement de la lave.

— Des « êtres » ? interrogea Fabian.

Éva et Piteraq le regardèrent, perplexes.

— Les salamandres doivent bien pouvoir se matérialiser en « êtres » elles aussi, non ?

— Tu crois ? demanda Éva.

— L'élément feu a sûrement un héritier, comme nous, présuma Piteraq. Ce ne serait pas cet Anavar que les anges ont mentionné ?

— Impossible, lança, convaincu, Fabian. Il est le fils de ce fou de Ka'al. Il est naga.

— Peu importe ! On ferait mieux de trouver l'héritier, car si les autres volcans sont toujours actifs, ils causeront des dégâts considérables. Si nous le trouvons, nous pourrons peut-être le convaincre que le plan de Ka'al détruira la planète, expliqua Éva.

— Tu as raison, Éva ! fit Fabian.

— Je suis également d'accord avec vous, rendons-nous aux Açores.

Sur l'île Sao Miguel, auprès du volcan Furnas, les corps de Vesta et d'Anavar gisaient, inanimés. Ils remontaient la cheminée à toute allure, lorsqu'en plein milieu de leur route, le volcan s'était éteint, en même temps que Phaïno succombait. Anavar avait hérité au même instant des pleins pouvoirs du feu, lui donnant la force d'arriver à la surface sous forme de lave, transportant son amie. Ils étaient exténués et s'étaient tous les deux assoupis au flanc de la montagne. Éva et Fabian les aperçurent en arrivant, soufflés par la brise de Piteraq, qui les déposa tout près et se métamorphosa en jeune fille. Ils marchèrent jusqu'à eux ; le sol était toujours très chaud. Les cendres volaient encore autour d'eux et la jeune sylphide devait les souffler sans cesse afin qu'ils puissent tous les trois voir et respirer. La brise éveilla les deux salamandres, qui sursautèrent en voyant les trois visiteurs particuliers, un naga royal, une ondine et une sylphide. Anavar fixa Fabian.

— Prince Ra'bia, bégaya-t-il difficilement.

Le prince naga le regardait, perplexe. Il ne croyait pas reconnaître le jeune salamandre qui l'interpellait.

— C'est moi, Anavar !

— Comment ?

— Je sais, c'est une longue histoire, mais je suis le tout nouveau prince salamandre.

Le silence fut lourd. Les regards se croisèrent, ils se dévisagèrent, s'observèrent.

— Mais Ka'al ? demanda Fabian.

— Ka'al est devenu fou, Ra'bia, lança Anavar. Je suis désolé, mon prince, pour ce qu'il a fait à votre famille. Il vient également de faire périr le roi salamandre, Phaïno, l'oncle de Vesta, pour que j'obtienne les pouvoirs du feu.

— Et que comptes-tu faire de ces pouvoirs ? demanda la jolie Piteraq. Anavar, intimidé par la beauté mystérieuse de la jeune fille, ne répondait pas.

— Je vous présente Piteraq, la princesse de l'air, et Éva, la princesse de l'eau, intervint Fabian.

— Éva ? Fille d'Isabella ?

— Oui, répondit tristement la jeune ondine.

— Je suis désolé pour elle, Éva ! Ka'al m'a trahi et je n'ai pas l'intention de me plier à ses volontés sataniques, répondit timidement le jeune salamandre.

Piteraq lui décocha un sourire foudroyant. La flamme orangée dans le sternum d'Anavar s'intensifia considérablement. Il évita le regard de jalousie que Vesta posait sur lui.

— Justement, en parlant de plans sataniques, Anavar... Ka'al aurait été manipulé par un ange déchu, expliqua Fabian.

— Quoi ?

— Les anges sont prêts à nous transmettre la vérité à ce sujet, à nous quatre, héritiers des éléments de la Terre, afin que nous puissions arrêter la destruction. Mais tu dois accepter d'entendre cette parole, qui sera troublante, paraît-il, répondit Éva.

— Je le veux bien ! répondit directement Anavar.

À ces mots, tout se suspendit autour d'eux. Le temps sembla se figer et une lumière intense les encercla. Elle éblouissait même les yeux des salamandres, habitués aux flammes. C'était une lueur d'une brillance jamais vue. Plus un son. Le goût amer qu'avait laissé l'air vicié par les cendres disparut. Même l'odeur du soufre se dissipa. L'intense clarté les rendit aveugles. Finalement, ils ne sentirent plus le sol sous leurs pieds. Il n'y avait plus de gravité. Vesta, clouée par une étrange force, ne pouvait plus bouger. Elle observa les autres flotter dans des milliers de particules de poussière d'argent, puis s'évaporer tous les quatre devant ses yeux.

Le temps recommença à s'écouler et la jeune salamandre s'écria de rage :

— Non ! Anavar ?

Elle se laissa tomber, désespérée. Elle ignorait où étaient partis les quatre adolescents.

Elle se retrouvait seule au monde, son royaume détruit, son oncle éteint et Anavar volatilisé. Elle pleurait doucement, lorsqu'elle entendit des pas feutrés s'approcher d'elle.

— Vesta !

La jeune fille reconnut cette voix – odieuse – entre toutes.

Furieuse, elle s'enflamma violemment.

Elle sillonna les coulées de lave refroidies et disparut dans l'un des cratères du volcan de son oncle.

TABLE DES MATIÈRES

Achevé d'imprimer
au mois de septembre
de l'an 2008
sur les presses
des Imprimeries Transcontinental (Gagné)
à Louiseville (Québec)